Ahmet Hilmi

Die Visionen des Aynali Baba

Ahmet Hilmi

Die Visionen des Aynali Baba

A'mak i Hayal (Die Tiefe der Visionen)

Aus dem
Osmanischen von
Abdullah Halis Dornbrach

SPOHR

Die Cyprus Library
Centre for the Registration of Books and Serials
verzeichnet das folgende Werk unter der

ISBN 978–9963–040–007–2

[Die Deutsche Bibliothek – CIP-Einheitsaufnahme
Dornbrach, 'Abdullah Halis: Die Visionen des Aynali Baba :
Nacherzählung der osmanischen Geschichte A'mak i Hayal
(Die Tiefe der Visionen) von Schahbenderzadeh Ahmet Hilmi.–
Bonndorf im Schwarzwald : Gorski & Spohr, 1995
ISBN 3–927606–07–3]

2. veränderte Auflage 2010:
Ahmet Hilmi: Die Visionen des Aynali Baba :
Aus dem Osmanischen von Abdullah Halis Dornbrach

ISBN 978–9963–040–007–2

Covergestaltung: Salim E. Spohr.
Druck: Ebner & Spiegel (CPI), Ulm.
Printed in Germany.

Inhalt

Erster Teil

Zweiter Teil

Vorwort des Verlages

In den hier in einer zweiten überarbeiteten Auflage wieder vorgelegten *Visionen des Aynali Baba* von AHMET HILMI bringt Scheich ʿAbdullāh Hālis dem deutschen Leser die Geschichte einer Einweihung nahe, die im osmanischen Kulturkreis unter dem Titel *A'mak i Hayal*, „Die Tiefe der Visionen", überliefert wurde und bis heute unter türkischen Leuten sehr verbreitet, ja geradezu berühmt ist.

VON DEN visionenerzeugenden Klängen der Flöte des Derwischs Aynali Baba in vergangene Zeiten und an fremde Orte entführt, erlebt Radji phantastisch bizarre Abenteuer von aufrührender Dramatik und zugleich berückender Schönheit, in denen der Held stellvertretend für die ganze Menschheit gegen das Dunkle und Böse kämpft.

Auf den ersten Blick als fremd erscheinend, erweisen sie sich doch zusehends als von eigentümlicher Nähe und von bedrückender oder beglückender Vertrautheit. Und dies hat einen guten Sinn. Denn tatsächlich vertreten die in den Visionen erscheinenden Widersacher, Freunde, Helfer ursprüngliche Zustände und Eigenschaften des menschlichen Gemüts, das, von Sehnsüchten und Ängsten, von Furcht und Hoffnung getrieben, solche Abenteuer durchstehen muß, wenn es sich spirituell fortentwickeln will.

Und seit jeher wurde die Lektüre dieser Erzählung deshalb *selbst als eine Art von Initiation* verstanden und geschätzt.

So berichtet DR. ORUC GÜVENC, der als Vertreter altorientalischer Musik und Musiktherapie in ganz Europa bekannt ist: „Als ich im Alter von zwölf Jahren meinen ersten Sufimeister traf, war dessen erste Frage, *ob ich dieses Buch gelesen hätte.* Alle späteren Meister stellten mir dieselbe Frage.“

Wir freuen uns, diese so hochgeschätzte Erzählung dem deutschen Leser hiermit nun wieder zu erschließen.

Und der Erfolg kommt vom Herrn

Lympia/Lefkosia, Zypern
im Monat der Pilgerfahrt 1431
November 2010 — SALIM SPOHR

Erster Teil

WER WOLLTE sich nicht immer schon einmal mit einem Stein unterhalten oder aus der Sicht einer Ameise eine andere Welt kennenlernen und gleichzeitig er selbst bleiben. – Alte Kindheits- oder auch Menschheitsträume werden wahr – in der Verzauberung durch die Flöte des Derwischs –, das Bild rasender Urkräfte, Entstehung des Planeten, Kampf zwischen Licht und Finsternis.

Das Zusammentreffen mit Aynali Baba

Isparta ist eine der schönsten Städte im größten Regierungsbezirk der Türkei. Ich wohnte seit einiger Zeit dort in einem innerstädtischen Bezirk. Auf dem Weg zwischen meinem Haus und den Häusern der Stadtverwaltung gab es viele Dinge, die die Aufmerksamkeit des Betrachters auf sich zogen. Ehrwürdige alte Gebäude, daneben halbverfallene Hütten, jede Art von Armut und Elend, prächtige Straßen neben verdreckten Gassen. Aber der eigentliche Anziehungspunkt war ein alter Friedhof in der Nähe meiner Wohnung.

Dieser Friedhof war von einer festen, meisterlich erbauten Mauer umgeben, alle zehn Meter waren Fensteröffnungen ausgespart, die mit schön gearbeiteten bronzenen Gittern verschlossen waren. Die Tür des Friedhofs bestand aus einigen nachträglich angebrachten Brettern, die eigentliche Tür hatte offensichtlich dem Zahn der Zeit nicht standgehalten. Doch dieser Friedhof war nicht nur ein Ort, wo viele Erinnerungen und Leiber begraben lagen, sondern er war auch ein Schatz von äußerst wertvollen Denkmälern. Wie man durch die Fenster der Friedhofsmauer sehen konnte, befanden sich dort Grabsteine mit unvergleichlichen Inschriften unserer alten Kalligraphen. Diese Inschriften waren von hohem Wert für die Literatur und Poesie. Die auf den Grabsteinen nachgebildeten Kopfbedeckungen waren einer geschichtlichen Untersuchung wert. Aber da der Friedhof schon lange Zeit nicht mehr benutzt wurde, ging von all dem eine beklemmende Anmut aus.

Mannshohe Gräser überwucherten die Gräber, und vom Frühling an beherrschte das Schierlingskraut diesen Ort, und es schien von ihm der Geruch des Todes auszugehen. Zweifellos hatte dieser Friedhof irgendwann einmal am Rande der Stadt gelegen und war durch die sich immer weiter ausbreitende Ansiedlung in deren Mitte geraten.

Jeden Tag kam ich an diesem Friedhof vorbei, und jedesmal nahm ich mir vor, ihn irgendwann einmal aufzusuchen. Aber wie sollte sich die Stunde für einen Friedhofsbesuch schon einmal ergeben, widmete ich doch nur einen Teil meiner Zeit dem Studium und der Arbeit und ging ansonsten meinem Vergnügen nach.

Damals war ich ein junger Mann, der seine Tage mit unnützen Dingen verbrachte, und wie ich schon sagte, obwohl ich jeden Tag an diesem Friedhof vorbeiging, opferte ich doch kaum eine Minute, die Regelmäßigkeit und Festigkeit der Mauer zu bewundern.

Um die Gegensätzlichkeit meines damaligen und heutigen Zustandes in meiner geistigen Entwicklung klar zu machen, muß ich etwas über meinen Werdegang berichten. Dank der Erziehung meiner Mutter, einer überaus frommen und fürsorglichen Frau, bekam ich eine unerschütterliche religiöse Einstellung und eine unanfechtbare Auffassung von Ehre und Moral. Dem schloß sich eine ungewöhnliche Ausbildung an, wobei ich durch überdurchschnittliche Auffassungsgabe aus dem Kreise meiner Schulkameraden herausragte. Wie viele meiner Mitschüler legte auch ich nach dem Schulabschluß die Bücher in die Ecke des Vergessens und begann, mein Wissen außerschulisch zu erweitern. Es gab so gut wie nichts, womit ich mich nicht mehr oder weniger beschäftigt hatte. Insbesondere kehrte ich nicht wie meine Altersgenossen den religiösen Wissenschaften den Rücken, sondern erwarb mir darin ein umfangreiches exoterisches und esoterisches Wissen.

Vollgestopft mit all den angelesenen Kenntnissen unterzog ich mich eines Tages einer Gewissensprüfung und stellte mit großem Erstaunen fest, daß ich mich zu einem wundersamen geistigen Zwitterwesen entwickelt hatte: Ich war eine Mischung aus Glaube und Unglaube, Annahme und Ablehnung der Relgion, Bekenntnis und Zweifel geworden. Was ich mit dem Herzen ablehnte, bestätigte ich mit dem Verstand, und was ich mit dem Verstand abwies, nahm ich mit dem Herzen an.

Der Drache des Zweifels hatte meinen Körper durchdrungen. Dieser Drache brachte jeden Gedanken, mit welchen Beweisen ich ihn auch zu festigen suchte, zum Einsturz.

Konnte ich so wenigstens in einem Punkt in der absoluten Ablehnung verharren? Keineswegs. Die Ablehnung ist eine Sache für sich, und auch der Zweifel. Der Drache des Zweifels wurde der Feind jeglichen Gedankens.

Egal, ob angenommen oder abgelehnt, er nahm weder etwas Fiktives noch etwas absolut Bewiesenes an. Wenn wir nun die Bühne des Lebens als Reflektion der Gedanken auf die äußere Welt annehmen, so ist zu verstehen, in welch heftiger Seelenpein, in nicht zu ertragender Hölle ich mich befand.

Dinge, die für alle anderen von natürlicher und selbstverständlicher Art waren, nahmen für mich ganz andere Formen an. Aus diesem Grunde war ich sowohl in der Liebe als auch in der Bestreitung meines Lebensunterhaltes erfolglos.

Ich war jemand geworden, der vor den Menschen floh. In diesem unerträglichen Zustand fand ich nur etwas Ruhe in der Trunken- und Selbstvergessenheit. Durch den andauernden Genuß von Alkohol war mein Körper daran, sich aufzulösen.

Eines Tages nahm ich all meine Willenskraft zusammen und befreite mich von der Trunksucht. In der Hoffnung, den Drachen des Zweifels zu besiegen, nahm ich Studium und Forschung wieder auf. Noch einmal begann ich, mich mit den esoterischen Wissenschaften zu befassen, und holte Erkundigungen bei diesbezüglich berühmten Leuten ein. Unter ihnen traf ich sehr segensreiche und aufrichtige Persönlichkeiten. Aber dennoch – ihr Wissen und ihre Beweise schienen mir nicht mehr zu sein als von Menschen erschaffene Trugbilder und Kindermärchen.

Ich suchte jemanden, der, um mich aus dem Abgrund, in den ich gefallen war, zu retten, mein ganzes Wissen zunichte machen und mir die als existent geltende Wahrheit so zeigen könnte, als ob ich sie mit eigenen Augen wahrnehmen würde. Doch diesen traf ich nicht.

In der Stadt gab es zwei Vereinigungen, die sich mit den westlichen esoterischen Wissenschaften beschäftigten. Eine davon war eine spiritistische Gesellschaft. Sie veranstalteten Seancen und ähnliche Dinge. Ich traf mich mit ihren führenden Mitgliedern. Sie glaubten mit einer unerschütterlichen Überzeugung an die Existenz der Seele. Doch die von ihnen angeführten Beweise erschienen mir nur als ein Produkt der Einbildungskraft.

So schloß ich auch Bekanntschaft mit den Mitgliedern der Magnetistischen Gesellschaft. Doch auch daraus ergab sich keine Lösung. Wieder nichts. Was bedeutet es schon, daß der Mensch, wenn es ihm gut geht, über einige bemerkenswerte Fähigkeiten verfügt? Nun, eben nur das und nicht mehr. Allerdings ist ein Teil dieser Fähigkeiten verborgen – nach meinem Dafürhalten ist dies jedoch ohne Bedeutung. Ich suchte nach etwas, was darüber hinausging. Vier Jahre währte diese zweite Arbeitsphase. Nicht genug damit, daß ich in dieser Zeit nichts erreichte, auch mein neuerworbenes Wissen wurde zum Fraß des Drachens des Zweifels. Und so sank ich noch tiefer, so tief, daß niemand noch tiefer sinken konnte. Das Innere meines bedauernswerten Gehirns glich fortwährend einem Kampfplatz. Und die Zweige der einander feindlichen Gedanken schlugen unaufhörlich gegeneinander und erfüllten mein Hirn mit dröhnendem Lärm.

So suchte ich wiederum Trost und Vergessen im Schnaps. Ich wurde zum Ersten unter den größten Trunkenbolden und Taugenichtsen meiner Freunde. Dieses Leben und der Einfluß des Alkohols betäubten mich, ja es vermittelte mir eine Art Glücksgefühl.

Ich trank und trank und trank und trank und trank. Die Freunde, die ich als Trunkenbolde und Taugenichtse vorgestellt habe, waren keine verkommenen Subjekte, nein, geradezu alle hatten eine gute Ausbildung genossen und waren eigentlich Menschen mit Ehre und Gewissen. Sie waren nur vergnügungssüchtig und lebten in Saus und Braus. Das war die Auswirkung ihres seelischen Zustandes. So befanden sich meine Freunde auf dem besten Wege, fünfe gerade sein zu lassen. Einige scherten sich nicht weiter um die Gebiete, die sie studiert hatten und auf denen sie Spezialkenntnisse besaßen, niemand interessierte sich für die Rätsel der Metaphysik und Philosophie. Manchem war jedes Gefühl für Religion abhanden gekommen, und man betrachtete Religion und Weisheit als Überbleibsel von Märchen.

Ein kurioser Gedanke: Ich empfand tiefe Bewunderung für sie – wahrhaftig, ein kurioser Gedanke! Was einen Teil von ihnen betrifft: Jedes Mal, wenn sie die Festbeleuchtung des Fastenmonats Ramadan sahen, erinnerten sie sich daran, daß sie Muslime waren. Schimmerten die Lampen, so nahmen sie Gebetsketten in die Hände, setzten sich nieder zu Koranrezitation und Predigt, ohne auch nur etwas zu verstehen und recht zuzuhören. Ja, sie hielten sogar das Fastengebet ein. Manche hielten aber, obwohl sie fasteten, es nicht für notwendig, die rituellen Gebete zu verrichten. Und an so einem langen Gebet wie dem *Tarawīh*[1] nahmen sie schon gar nicht teil. Kaum war aber der Ramadan vorbei, verabschiedeten sich auch wieder ihre religiösen Gefühle und machten sich aus dem Staube.

Jedes Jahr war ich über dieses dem jeweiligen religiösen Fest angepaßten Mäntelchen aufs neue erstaunt.

EINES TAGES, es war ein sehr schöner Frühlingstag, schlugen einige meiner Freunde vor, doch einmal einen gemeinsamen Ausflug zu machen. Nach einigem Hin und Her einigten wir uns, in ein wegen seiner Schönheit berühmtes Provinzstädtchen zu fahren und uns dort drei Tage zu amüsieren.

Es war von Isparta aus mit der Eisenbahn zu erreichen. Nachdem wir uns mit allem Nötigen, was dort nicht zu kaufen war, versorgt hatten, bestiegen wir den Zug.

Die Umgebung des Städtchens ist erquickend für Herz und Gemüt. Besonders der Teil, durch den die Eisenbahn fährt, ist von überwältigender Schönheit. Der Anblick dieser Landschaft versetzte meine Freunde in laute Heiterkeit, während mich große Traurigkeit ergriff. Was nützten dieser schöne Anblick, diese Schönheit der Natur, waren sie doch nicht beständig und von langer Dauer.

Der Mensch, der sich der Betrachtung dieser überwältigenden Schönheit hingibt – vielleicht einer unter tausend –, fragt sich: Gibt es auch im Menschsein Beständigkeit? Kann die Durchgangsstation, die wir Erde nennen, von uns erlebt werden, ohne daß uns tiefe Traurigkeit befällt? Woher sind wir gekommen? Wohin gehen wir? Auf diese Fragen konnten der Verstand und die Wissenschaft keine Antwort geben. Nur dem gläubigen Herzen ist es möglich, in die Tiefe dieser Geheimnisse einzudringen.

Noch einmal ließ ich meinen Blick auf den Naturschönheiten ruhen. Aber der herrliche Anblick schien sich vor meinen Augen zu verlieren: Der Lichtschein verging, und alles verschwand in einer schier undurchdringlichen Dunkelheit.

Es war, als würde die Wahrheit mit aller Deutlichkeit vor meinen Augen ausgebreitet. Das Grün der Wiesen, die das Auge des Menschen streicheln, das Spiel der Sonnenstrahlen, das Singen und Zwitschern der Vögel, die Bewegung der Luft, das die Welt umfangende Licht, die Bewegung der in Formen gefangenen Materie, kurz alles, was wir wahrnehmen, ist gefesselt von einer Notwendigkeit, einem Befehl, einem Gesetz.

Mir kam es vor, als würde Gôutama Buddha erscheinen und mir mit einem traurigen Lächeln in seinem Gesicht sagen: „Nichts! Nichts! Nichts!"

Einer meiner Freunde, der meinen geistesabwesenden Zustand bemerkte, sprach mich an. „Was hast du denn wieder?" fragte er. „Nichts", antwortete ich. Doch dieses „Nichts" war nicht gesagt, um meinen Zustand oder meine Stimmung zu beschreiben. Nein, dieses „Nichts" aus meinem Munde kam aus der Erkenntnis des wahren Seins des sichtbaren Universums.

Die Freunde, die meiner Stille und Betrübtheit überdrüssig wurden, begannen auf mich einzureden. Und wirklich, es mag nicht gerade passend sein, wenn jemand auf einem Ausflug eine Leidensmiene aufsetzt, als würde er an einem Begräbnis teilnehmen. Schon weil eine gedrückte Atmosphäre mehr auf die anderen einwirkt als Freude und Fröhlichkeit.

Einer meiner Freunde sagte: „Wir haben die Medizin vergessen", und füllte mein hohes Schnapsglas. Nachdem ich dieses Glas fünfmal geleert hatte, gab es niemanden, der heiterer und fröhlicher war als ich. So beendeten wir unsere Reise fröhlich und ausgelassen.

Zur Zeit des Nachmittagsgebets kamen wir in dem Städtchen an, und es war das Schönste, was ich bisher gesehen hatte.

Ich war von diesem Fleckchen Erde so begeistert, daß ich, hätte ich es mir leisten können, hierher gezogen wäre. Die einzelnen Häuser lagen weit voneinander entfernt und standen in großen, vier- oder fünftausend Quadratmeter großen Gärten. Jeder Garten wurde von kleinen Bächen durchkreuzt. Am Rande mancher Straße flossen sogar breitere Bäche, und unzählige Obstbäume wuchsen in den Gärten. Diese Provinz war wegen ihrer Rosenzucht berühmt, und im Sommer erfüllte die Rosenhaine der Gesang der Nachtigallen. Kurz, für mich war diese Provinz eines der Paradiese auf unserer Erde.

Als wir dort ankamen, wurden wir von einem Bekannten, bei dem wir schön öfter zu Gast gewesen waren, am Bahnhof abgeholt. Die Nacht verbrachten wir in seinem Haus und brachen früh am nächsten Morgen zu dem Subaschi Quelle genannten Ort auf, dem Ziel unseres Ausflugs.

Wie eine vollkommene, liebliche Melodie drang das Plätschern des Quellwassers, das sich in einem natürlichen Becken sammelte und dann in vielen Rinnsalen davonfloß, an unser Ohr. Wir hatten uns den schönsten Platz ausgesucht; aber wir waren nicht die ersten, zwei andere Personen waren schon vor uns angekommen und hatten sich hier niedergelassen. Wer die beiden waren, sagten unsere Worte, als wir sie erblickten: „Zwei Verrückte", „zwei Bettler", „zwei Betrunkene", „zwei Derwische" ... In ihrer abgerissenen Kleidung schienen diese beiden Männer all diese Eigenschaften in sich zu vereinigen.

Auch wir ließen uns nieder. Die beiden Abgerissenen beachteten uns überhaupt nicht, vielleicht waren sie auch zu sehr in ihr Gespräch vertieft.

Als wären wir unsichtbare Schemen, nahmen sie keine Notiz von uns. Der Gruß eines unserer Freunde „*as-salām alaykum*" schien in den Wind gesprochen.

Jeder der Freunde begann nun, sich mit irgend etwas zu beschäftigen, einer mit der Zubereitung des Essens, ein anderer traf weitere Vorbereitungen für den Imbiß ...

Ich ließ mich neben der Korbflasche nieder und hatte mir vorgenommen, mein Hirn einzunebeln.

Durch Zufall geriet ich in die Nähe der beiden Abgerissenen. Sie waren immer noch in ihr Gespräch vertieft und ließen sich durch meine Gegenwart nicht stören, so konnte ich ihrem Gespräch lauschen.

Der ältere der beiden, er war so um die Fünfzig, führte die Unterhaltung, während der Jüngere zuhörte und seinen Freund nur hin und wieder mit einer Frage unterbrach.

Aus dem Inhalt ihres Gesprächs schloß ich, daß es sich um zwei Verrückte handeln mußte. Wahrlich, es waren zwei Verrückte, aber es waren zwei von denen, die man als *Medjzūb*[2] bezeichnet.

Das Verwunderliche an der ganzen Sache war, daß die beiden Abgerissenen sich über Dinge unterhielten, die mich seit jeher beschäftigten. Der Ältere sagte zu dem jüngeren Verrückten: „Alles, was es auf dieser Welt gibt, ist meine Zuständigkeit. Wäre ich nicht, so wäre nichts existent. Ich bin ‚Alles'. Außerdem ist das ‚Nichts' und das ‚Alles' dasselbe, eine einzige Sache. Denn die Trennung der beiden Dinge bedeutet nichts anderes, als wenn man ein und dieselbe Sache mit zwei verschiedenen Namen nennt ..."

Den weiteren Verlauf der Unterhaltung kann man sich vorstellen. Ich kam aus dem Staunen nicht mehr heraus. Ohne daß ich es eigentlich wollte, mischte ich mich in das Gespräch ein: „Merkwürdig, kann Sein und Nichtsein dasselbe sein? Zum Beispiel – jetzt bin ich, morgen werde ich nicht mehr sein. Gibt es keinen Unterschied zwischen diesen beiden Zuständen?"

Der Verrückte wendete sich mir zu und begann lauthals zu lachen!

„So, so", sagte er, „du bist also, ja! Ob du wohl wirklich bist?"

Diese so wesentliche Frage hatte ich mir schon oft gestellt. Man mag sich über eine solch tiefe und wesentliche Frage lustig machen, aber mir war danach nicht zumute.

Denn, wenn ich wirklich bin, warum sollte ich im Nichtsein vergehen? Und wenn ich im Nichtsein vergehe, wird meine Seele ewig sein? Dies war der Punkt, an dem sich der Drache des Zweifels eingenistet hatte – wird meine Seele ewig sein? Was ist die Seele? Ist sie der Sitz der Wahrnehmung? Kennt sie ihre Identität? Und wenn sie sie kennt, in welchen Zustand wird sie versetzt, wenn sie diesen Körper verlassen hat?

Eine Menge unbeantworteter Fragen ...

Der Verrückte sprach noch einmal: „Nur ich bin wirklich existent, denn ich bin ein ‚Nichts', ich bin nicht. Meine Existenz ist nicht getrennt vom Ganzen. Das Vergehen gibt es nur für denjenigen, der vom Ganzen getrennt ist. Aber etwas, was nicht vom Ganzen getrennt ist, das ist existent, das ist." Danach verstummte er.

Was ich auch anstellte, um ihn zum Reden zu bringen, er schwieg. Schließlich wurden ihm meine Fragen zuviel, er wandte sich zu seinem Freund und sagte: „Komm, laß uns gehen, dieser dumme ungeschliffene Kerl hat uns die Freude verdorben."

Welch merkwürdiger Zustand, wie konnte dieser abgerissene verrückte Bursche mich, der ich stolz auf meine Bildung und mein Wissen war, einen dummen ungehobelten Kerl nennen?

Drei Tage blieben wir in der Provinz. Und diese drei Tage verbrachte ich trotz des Einspruchs und der Beschwerden meiner Freunde in alkoholisiertem Zustand, ohne ein Wort zu sagen.

Nachdem wir den Zug bestiegen hatten, unterhielt sich einer der Freunde mit mir. Was mich betraf, so hörte ich kaum zu und war mehr damit beschäftigt, mir selbst mein Leid zu klagen und mich zu bedauern. In einer Pause rutschte es aus mir heraus: „Ob ich wohl bin?" Lauthals fing er an zu lachen und rief: „Freunde, schnell, bringt Raki, Radji ist auf dem besten Wege, seinen Verstand zu verlieren."

ES WAR am zweiten Tag nach unserer Rückkehr, als ich auf dem Weg zum Kaffeehaus am Friedhof vorbeikam. Im Gegensatz zu früher stand diesmal die Tür auf. Um diese Gelegenheit zu nutzen und einem merkwürdigen Gefühl in meinem Herzen folgend, ging ich durch die Tür.

Ich ging im Schatten großer uralter Bäume und trat die starken Gräser, die zwischen den alten Gräbern wucherten und scheinbar den Duft des Todes verströmten, nieder.

Einige Bäume, die in der Mitte des Friedhofes wie auf einer abgezirkelten Linie im Kreis wuchsen, erregten meine Aufmerksamkeit. Ich ging auf sie zu, um mich dort ein wenig hinzusetzen.

Diese Bäume standen neben dicht gedrängten und wohl einer großen Familie zugehörigen Gräbern. Während ich weiterging, bemerkte ich eine scheinbar an einen Baum lehnende, aus Strohmatten und alten Brettern zusammengezimmerte Hütte.

Ich dachte, es wäre niemand da, und gerade als ich die Tür der Hütte öffnen wollte, trat ein in alte Sachen gekleideter Mann heraus. Dieser Mann, ich schätzte sein Alter auf etwa fünfzig Jahre, trug auf dem Kopf eine grüne Kappe, *Takke*[3], die mit vierzig bis fünfzig kleinen aufgeklebten Spiegelstücken verziert war. Selbst sein mit unzähligen Stoffetzen geflickter Kaftan war mit aufgeklebten oder aufgenähten Spiegeln und Blechstücken übersät.

Welch ein Anblick! Wer ihn sah, konnte sich unmöglich das Lachen verkneifen. Doch er fixierte mich mit einem Blick, in dem soviel Trauer lag, daß ich vor Ergriffenheit einen Schritt auf ihn zuging. Ernst und mit einer im Gegensatz zum Äußeren stehenden Würde sagte er mit leiser und melodischer Stimme: „Herzlich willkommen, mein Freund." Dabei breitete er eine Schilfmatte aus seiner Hütte auf dem Boden aus. Ich ließ mich darauf nieder und lehnte mich mit dem Rücken an die Hütte. Vor uns befanden sich etwa fünfzehn Gräber mit großen, herrlich geschmückten Grabsteinen, rechts und links von uns standen dicht nebeneinander prächtige schattenspendende Bäume.

Der wundersame Mensch betrat noch einmal seine Hütte, brachte einen Tonkrug, den er als Kohlebecken benutzte, und ging ein drittes Mal hinein. Kurz darauf kam er mit einer alten Kaffeebüchse, einer *Djeswe*[4], zwei Täßchen, einer Wasserkanne, einer Tabaksdose und einigen Blechschachteln heraus.

Er setzte die Djeswe auf das Feuer aus trockenem Gras und Müll, wandte sich mir zu und sagte noch einmal: „Herzlich willkommen, mein Freund. Wie geht es dir?"

„*El-hamdu lillāh*"[5], antwortete ich. Die im Gegensatz zu seinem Äußeren stehende Würde, die der Mann ausstrahlte, verwirrte mich immer mehr.

„Wie heißt du?" begann er wieder zu sprechen.

„Ahmet Radji."

„So, Ahmet Radji?" Und lachend: „Du hast den Namen der Menschheit angenommen, mein Freund! Das Menschengeschlecht ist so unfähig, schwach und hilfsbedürftig, daß es sein Leben mit Bitten und Betteln verbringt. Radji – der Bittende – heißt Mensch."

Diese weisen Worte verwirrten mich noch mehr. So fragte ich: „Wie ist denn dein Name?"

„Ich habe viele Namen. Überall heiß ich anders und habe ich andere Merkmale. Hier nennt man mich wegen der vielen Spiegelchen auf meiner Kleidung *Aynali Dede*. Aber wenn du willst, kannst du mich auch *Aynali Baba*[6] nennen."

Nachdem ich ein wenig überlegt hatte, konnte ich mich nicht zurückhalten und fragte: „Mein lieber Freund. Es ist offenkundig, daß du ein reifer und wissender Mann bist, warum aber versteckst du dich unter dieser merkwürdigen Kleidung? Ich verstehe nicht, warum du dich unter dem Gewand eines Verrückten verbirgst."

„Das ist doch einfach zu verstehen." Nachdem er den Kaffee gekocht und die Tassen gefüllt hatte, fuhr er fort: „Jeder liebt irgendeinen Schmuck und Zierrat. Jeder gibt eine Menge Geld aus, um sich verschiedenste Sachen anfertigen zu lassen. Ich finde nun halt Freude an solcher Kleidung."

Diese Antwort war für meinen Verstand teils befriedigend, teils unbefriedigend. Als ich über sie nachdachte, fand ich sie doch unbefriedigend und teilte ihm meinen Gedanken mit. Er antwortete: „So, du findest meine Ausführungen also unzureichend, aber das trifft nicht zu. Du findest es selbstverständlich, wenn ein Mann in meinem Alter sich eine Krawatte, einen Stoffstreifen, den er für fünfzehn oder zwanzig *Lira*[7] gekauft hat, um den Hals hängt. Warum soll es dann unverständlich sein, wenn ich mir einige Spiegelplättchen an meiner Kappe befestige? Nehmen wir beides als Zeichen der menschlichen Unfähigkeit und Verrücktheit, so ist meine Verrücktheit aber blitzender und verstehbar."

Plötzlich hatte ich eine wunderbare Idee. Warum sollte ich nicht Aynali Baba, diesen weisen, sich hinter der Tracht eines Verrückten verbergenden Menschen, zu den mich seit jeher beschäftigenden Problemen befragen?

„Mein verehrter Freund", sagte ich, „du gleichst einem Juwel in einer Ruine. Ich aber bin ein Vagabund, der nach Weisheit und Erkenntnis lechzt. Bitte erlaube mir, an dem Glanz des Juwels teilzuhaben. Gib mir deine Hand, damit ich sie küssen kann."[8]

„Die Hand küssen? Warum? Wenn du willst, können wir miteinander reden. Aber welchen Nutzen haben die Worte? Wer weiß, wieviele Kamellasten Bücher du bisher gelesen hast! Was hast du dadurch verstanden? Nichts! Nichts! Oder? Was ist es, was die Menschen Wissen nennen? Was ist das für ein Wissen, mit dem sie ihr Ich füttern und für die Wahrheit unempfänglich machen? Es ist nichts, denn was wissen sie über die Wahrheit, über das Absolute? Nichts! Es mag möglich sein, mit dem Maß des Verstandes die Wahrheit zu beschreiben, aber wissen, verstehen, ist das möglich? Worüber wollen wir reden? Kann man den Kern der Weisheit durch das Aneinanderreihen von Buchstaben erfassen?"

In diesem Moment bemerkte ich eine eigenartige Wandlung. Die Größe in den Worten dieses Menschen, der das Wissen und die Erkenntnisse einer siebentausendjährigen Geschichte menschlicher Zivilisation als gering betrachtete, versetzte mich in einen Zustand von Unscheinbarkeit und Geringfügigkeit. Ich wurde sehr klein und bescheiden.

Ich hatte nicht mehr die Kraft, meinen Mund zu öffnen. Bittend und flehend richtete ich meinen Blick auf ihn. Lächelnd sagte er: „Aber lassen wir diese ermüdenden Hypothesen und beschäftigen wir uns etwas mit uns selber, oder nicht?“

Schweigend trank ich mit Aynali Baba noch einen Kaffee ...

Der erste Tag:
Der Gipfel des Nichtseins

Nirwana, Nirwana
Gōutama Buddha

Als wir den Kaffee getrunken hatten, holte Aynali Baba eine Ney und begann leise und klangvoll zu spielen. Die Ruhe des Friedhofs und die melancholische Melodie der Flöte erfüllten mich mit einem merkwürdigen Gefühl der Freude.

Während mich diese eigenartige Melodie umfing, waren aus meinem Munde Seufzer der Traurigkeit und Freude zu vernehmen. Zweifellos hatte auch der Kaffee einen Teil zu meinen eigenartigen Gefühlen beigetragen.

Ich spürte seltsame Veränderungen in meinem Innern. Eine große Last, die ich bisher zu tragen verurteilt gewesen war, schien von mir genommen, und ich spürte eine nie gekannte Erleichterung. Nachdem Aynali Baba den *Taksim*[9] mit der Ney beendet hatte, begann er mit seiner melodischen Stimme zu singen. Danach spielte er das nächste Stück auf der Ney. Er hatte folgende *Gazel*[10] vorgetragen:

„O Seele, nimm dir ein Beispiel
an dieser vergänglichen Welt.
Befreie dich von der Unachtsamkeit
– der *Meydan*[11] ist nicht leer.
Wo sind König Salomo und Alexander?
Würdest du auch tausend Jahre in Freuden leben,
alles ist nur ein Augenblick, nicht mehr.
O mein Auge! Es bleibt der Garten der Welt,
nicht der Rose und nicht der Nachtigall.

Wem ist das Schicksal nach seinem Wunsch
zum Freund geworden?"

Welch enorme Wirkung kann so ein Gedicht haben! Nachdem Aynali Baba seinen Vortrag beendet hatte, blies er die Ney wieder an. Tränen lösten sich aus meinen Augen und flossen Bächen der Sehnsucht gleich meine Wangen hinunter. Waren es Tränen der Trauer und des Leides oder der Freude und der Liebe?

Ich weiß es nicht. Ich wurde jedoch von nie gekannten Empfindungen überwältigt, und es ist mir unmöglich, meinen damaligen Zustand zu beschreiben ... Aynali Baba begann erneut zu singen:

„Laß ab von Gier und Ehrgeiz
und führe dein Ich zum wahren Sein.
Bewahre deinen Namen vor
dem Munde der Welt und ihrer Pein.
Sei Freund denen, die Gott nahestehen,
bleib ihnen nicht fern –
hat dein Ich der Menschen Weltenspiel
auch noch so gern."

Ich war an einem Punkt angekommen, da meine Umwelt sich zu verlieren schien, und ich vernahm die Stimme des Babas leise, als käme sie aus weiter Ferne und wie durch einen unsichtbaren Schleier. Die Töne der Ney bekamen eine unwirklich anmutende Schwingung.

„Die Wissenden wurden
nicht geblendet vom Glanz der Erde.
Sahen sie doch nur einen Schatten,
einen kurzen Wahn, ein Spiel der Illusion.
Gleich einem Traum, der kommt und geht.
Wo ist der, der ihn sah und auch versteht?
Und wer die wahre Freude dieser Welt geseh'n,

mit dem Kleid der Gottesliebe ward er angetan,
und nur Sein Wohlgefallen ist zu erstreben,
denn nur wer vor dem Sterben stirbt, erwirbt
im Tode das wahre Leben.“

Meine Ohren vernahmen kaum noch einen Laut, einen Ton, immer mehr entfernten sie sich. Immer mehr entfernte ich mich von der äußeren Welt und ihren Wahrnehmungen. Ich sah und hörte nicht mehr und geriet in einen Zustand zwischen Schlafen und Wachsein. Doch auch das währte nicht lange, und ich begann plötzlich mit meinem Geist eine bisher verschlossene Welt auf einer bisher unbekannten Bewußtseinsebene wahrzunehmen.

Obwohl meine Augen geschlossen waren, konnte ich sehen – und was ich sah! Ich befand mich in einer weiten, mir unbekannten Ebene, in der fremdartige Gräser und Blumen wuchsen. Zwischen Schilfrohr ähnlichen Büschen bewegten sich viele verschiedene Tiere, manche davon wilde Raubtiere. Doch ich empfand keine Angst vor ihnen, und furchtlos setzte ich meinen Weg fort.

Ich hatte auch einen Weggefährten, der zu mir sprach, doch ich konnte ihn nicht sehen. Wenn ich ihn aber etwas fragen wollte, konnte ich fragen und bekam auch Antwort. Seit Stunden waren wir unterwegs, und ich war ziemlich ermüdet. So fragte ich ihn, den unsichtbaren Weggefährten, wo wir waren und wohin wir gingen.

„Wir sind in Indien und gehen zum Gipfel des Nichtseins“, sagte er.

Schweigend gingen wir weiter, bis nach einiger Zeit vor uns ein großer Berg auftauchte. Hoch ragte er in die Wolken. Nach einer Weile gelangten wir an den Fuß des Berges, und neben einem silberglänzenden Bächlein stand eine kleine Strohhütte.

Mein Weggefährte forderte mich auf, zu dieser Hütte zu gehen. Ich ging hin, trat ein und traf einen jungen Mann an.

„Was willst du?“ fragte er mich.

Ich wußte nicht, was ich wollte. Da sagte mein Begleiter: „Ich habe ihn hergebracht, damit er den Gipfel des Nichtseins besuchen kann, bitte zeig ihm den Weg."

Der junge Mann sah mich mit zufriedenem Blick an, nahm mich bei der Hand und sagte: „Komm."

Wir saßen im Schatten eines Baumes, und er sagte: „Den Gipfel des Nichtseins kann nur einer unter tausend, vielleicht sogar nur unter hunderttausend bezwingen. Denn wer ihn besteigen will, muß Herr seiner selbst sein. Wer auch nur einen Wunsch im Herzen trägt, bleibt auf der Strecke. Dorthin gelangen nur lebende Tote. Spürst du in dir eine solche Kraft?"

Ich sagte ihm, daß ich ein unfähiger und ungeduldiger Mensch mit einer guten Absicht sei. „Leider", sagte er, „die meisten Menschen sind so. Laß es uns versuchen, vielleicht schaffen wir es."

Wieder nahm er meine Hand und führte mich zur Strohhütte zurück. „Heute bist du hier als Gast. Morgen, in aller Frühe, werden wir den Aufstieg beginnen. Aber wir wollen uns etwas unterhalten, damit die Zeit nicht nutzlos verstreicht." Und er fragte mich nach meinem Namen. „Radji", sagte ich.

In mir erwachte große Achtung vor diesem Menschen, nur mit großer Überwindung wagte ich, ihn nach seinem Namen zu fragen.

„Gōutama Sakya Muni Buddha", antwortete er. Ich befand mich in der Gegenwart des Buddha, einem der größten Menschen, wie ich aus der Geschichte und einigen wertvollen Büchern, die ich durchgearbeitet hatte, wußte.

Ehrfürchtig erhob ich mich und wollte ihm die Hand küssen. Doch er ließ es nicht zu und sprach: „Was mich betrifft, so bin ich ein Nichts. Für mich ist Verehrung und Verachtung gleich. Doch für dich ist die Liebe in deinem Herzen genug, ja sie wird sogar vermehrt."

Am nächsten Morgen brachen wir vor Sonnenaufgang auf. Buddha nahm mich bei der Hand. Der Fuß des Gipfels des Nichtseins ruhte in unserer Welt, er war von unbeschreiblicher Schönheit. Der Weg, den wir gingen, war beidseits von unzähligen, nie gesehenen Blumen gesäumt. Sie verbreiteten einen die Sinne betörenden Duft. Aus Rosenbüschen erschollen die Gesänge der Nachtigallen, und das Plätschern und Murmeln der zwischen den Blumen fließenden Bäche vollendete alles zu einer überwältigenden, den Menschen verwirrenden Symphonie der Natur. Der Weg selbst bestand aus feinem weißen, weichen Sand.

Diese hervorragende Schönheit steigerte sich, während wir den Berg hinaufstiegen. Plötzlich standen wir vor einem kleinen Pavillon, eigentlich fast einem kleinen Palast. Teils durch das Besteigen des Berges, teils durch die herrliche Luft war ich überaus hungrig. Kaum waren wir durch die Tür des Pavillons getreten, als der Duft der herrlichsten Speisen in meine Nase drang. Wir kamen in einen großen Raum: In dessen Mitte stand eine große Tafel, und in den goldenen Schüsseln befanden sich die köstlichsten Speisen, die je ein Mensch ersonnen und angerichtet hat. Was mich betraf, so wollte ich mich sofort aufs Essen stürzen, um meinen Hunger zu stillen. Buddha jedoch ergriff sofort meine Hand und flüsterte mir ins Ohr: „Wir sind auf dem Weg zum Gipfel des Nichtseins, wenn Du jetzt etwas ißt, mußt du umkehren und mich verlassen.“ Obwohl der Hunger in meinen Eingeweiden wütete, hielt ich mich an die Anweisung. Wir saßen ungefähr eine Stunde vor diesen Köstlichkeiten der Küche.

Buddha saß schweigend da, während ich unter einem Schwall gegensätzlicher Gedanken und Gefühle mit mir kämpfte. Ein Teil in mir akzeptierte es, daß ich nichts essen durfte, der andere lehnte sich mit aller Macht dagegen auf, war ich doch kein Engel, sondern ein Mensch aus Fleisch und Blut mit eben solchen menschlichen Bedürfnissen wie Essen und Trinken.

Plötzlich sagte er: „Komm, laß uns gehen, wir haben uns genug ausgeruht.“

Als wir den kleinen Palast verlassen wollten, stellte sich uns ein Jüngling, den Dienern des Paradieses ähnlich, in den Weg. In seiner Hand hielt er ein goldenes Tablett mit drei funkelnden Gläsern: eins war mit Wasser, das andere mit Fruchtsaft und das dritte Glas mit Wein gefüllt.

Der Jüngling sagte: „Mein Herr, der Gipfel, den Sie erreichen wollen, ist noch sehr weit entfernt. Haben Sie schon nichts gegessen, so sollten sie wenigstens etwas trinken und sich erfrischen."

Diese freundliche und bittende Einladung konnte und wollte ich einfach nicht abschlagen, und so folgte ich der Aufforderung und nahm das Weinglas. Der Jüngling strahlte mich freudig und zufrieden an. Gerade als meine Lippen den Rand des Glases berührten, schlug Buddha gegen meine Hand. Das Glas fiel zu Boden und zersprang in unzählige Stücke. Ohne etwas zu sagen, ergriff er meinen Arm und zog mich weiter. Wir verließen den Pavillon und setzten unseren Weg fort.

Da vernahm ich eine Stimme, die etwas sang. Die Stimme war so lieblich, daß der Gesang des Propheten David dagegen verblichen wäre. Folgende Worte drangen an mein Ohr:

„O du Vagabund! Geh, bleib nicht stehen, geh. Damit der Tand dieser Welt dich nicht abhalte, dich mit Gott zu vereinigen. Denn wisse, diese unvergleichlichen Bilder, diese ganze Schönheit ist nur Illusion, nur Traum. O du bedauernswerter Gast, geh weiter!

Geh, auf daß du Ihn findest und heiteren Herzens die Stufen deines wahren Seins erreichst.

Geh, erreiche dein wahres Wesen, diese eigentliche Heimat, denn das ist der Zustand des Gereiften. Laß ab vom vergänglichen Glanz und der Illusion, auf daß du aus dem Glase der Gottesvereinigung, dem Pokal der Gnade, trinken mögest. Geh weiter, auf daß du auf den Platz des Nichtseins, der göttlichen Macht und Geheimnisse kommst."

Obwohl ich durch den Gesang dieser lieblichen Stimme innerlich so aufgewühlt war, daß mir die Tränen an den Wangen herunterliefen, setzten wir unseren Weg fort. Die Nacht verbrachten wir auf einer Wiese, dort fiel ich in einen tiefen traum- und bildlosen Schlaf.

Am nächsten Morgen brachen wir wieder in aller Frühe auf. Gegen Mittag trafen wir an einem Palast ein. Aber dieser Palast übertraf alle menschliche Vorstellungskraft. Er war von außerordentlicher Schönheit und doch nur ein Werk der Illusion, auch wenn er alles bisher Gesehene überstrahlte. Was der Mensch auch ersinnen mochte, er könnte kein Bauwerk von größerer Schönheit, Harmonie und Glanz errichten, ja sich nicht einmal vorstellen.

Als wir noch etwa fünf bis zehn Schritte von diesem Juwel entfernt waren, öffnete sich die Tür wie von selbst.

Buddha sagte: „In diesem Palast wird der Mensch zu Fall gebracht, es ist ein Ort der Prüfung. Nur wer tapfer und standhaft ist, kann diese Station hinter sich bringen. Denn danach beginnt der Gipfel des Nichtseins.

Doch wer sich von lieblichen und bezaubernden Dingen einfangen läßt, gleitet ab in den Abgrund des Leidens, des Kummers und der Trauer. Dies ist das Paradies der Wünsche und Begierden, danach kommt der Platz des Nichtseins. Dies ist ein Nest, angefüllt mit nutzlosen Vorstellungen, ein Gasthaus, das jeden Gast mit seinen Folterungen zunichte macht. Danach kommst du in den Garten der Freude und Freiheit, die Welt ohne alle Vorstellungen und Illusionen, den Ort der Einheit und Wahrheit. Wer hier bleibt, dessen letzte Zuflucht ist die Ecke des Jammers und Klagens, doch wer auf die andere Seite gelangt, ist befreit von Kummer und Begierden und erreicht die Stufe der Stufenlosigkeit. Wer hier verbleibt, der ist ein Gefangener der Wünsche und der Gier, der Habsucht und der Hoffnung auf Macht und Reichtum, doch wer weitergelangt, dessen Thron steht auf einem unendlichen Platz in der Welt des Geistes.

Sei tapfer, laß dich nicht betrügen und bleibe standhaft. Ich warte hier auf dich", und während er mit der Hand auf die Tür des Palastes wies, „nun, geh hinein."

Das Wetter war herrlich, und ein angenehm kühler Wind, geschwängert von Moschusduft, erfüllte die Luft.

Als ich den Garten betreten hatte, war ich von dessen Schönheit überwältigt: Weite smaragdfarbene Wiesen, leuchtende Blumen und Blüten, die Wege mit kieselsteingroßen, prächtig funkelnden und glühend farbenprächtigen Edelsteinen geschmückt, der Gesang der Vögel und die Luft durchdrungen von sinneberauschenden Düften.

Am Tor des Palastes wurde ich von zwanzig bis dreißig Dienerinnen empfangen. Ihre Schönheit übertraf jede menschliche Vorstellungskraft, nie hatte ich in der Welt der Illusionen gleiches gesehen. Zwei von ihnen versahen das Amt der Zeremonienmeisterinnen, und unter tausend Ehrerbietungen wurde ich in ein Zimmer gebracht.

Sprachlos und wie betäubt war ich von der Größe und Pracht dieses Palastes, der Schönheit der Dienerinnen und besonders von der Schönheit derer, die sich bei mir untergehakt hatten. Eine von ihnen hieß mich mit einer verführerischen, alle Freuden der Welt versprechenden, dem Gesang einer *Peri*[12] gleichen Stimme aus ihrem glutroten Mund auf das herzlichste willkommen und bot mir ein Glas an. Als wären Verstand und Sinne betäubt, griff ich das Glas und trank den eiskalten Fruchtsaft: Nie hatte ich zuvor solch edles und köstliches Getränk genossen. Ich schien ein neues Leben gefunden zu haben. Reich verzierte Handtücher aus Seide wurden gebracht. Beide Zeremonienmeisterinnen begannen mit ihren zierlichen und anmutigen Händen mir die Kleidung auszuziehen. Dann wurde ich in einen Nebenraum und von dort in ein *Hamam*[13] geführt. Im Hamam empfingen mich einige nackte *Hūris*[14]. Die Schönheit ihrer Leiber war so vollkommen und aufreizend, daß, träten Engel in ihre Mitte, sogar diese von Verlangen ergriffen würden.

Sie brachten mich zu einem Podest aus vielfarbigen Edelsteinen in der Mitte des Hamams, auf dem ein Lager aus Kissen und Decken bereitet war. Darauf ließ ich mich nieder. Und obwohl mein ganzer Körper vor Erregung durch ihre Berührungen erbebte, begannen die Hūris mich mit ihren zarten Händen zu massieren. Ich konnte mich an ihrem Anblick nicht sattsehen, und durch ihre zarten Griffe wurde mein Körper entspannt, so daß ich in Schlummer fiel. Als ich erwachte, wurde ich zu einer kleinen Kabine geleitet und gründlich gewaschen. Danach wurde mein Körper mit kaltem Wasser abgespült. Alle Müdigkeit war von mir gewichen. Wie neugeboren, durchdrungen von Kraft und Lebensenergie, wurde ich aus dem Hamam geführt und in ein prächtig geschmücktes Zimmer gebracht. Ein silbernes Tablett wurde auf einen Tisch von Ebenholz gestellt, die Speisetafel errichtet. Herrlichste, nie gesehene und gegessene Speisen wurden aufgetragen, und ein feengleiches Wesen stellte eine Karaffe hin und reichte mir einen Becher Wein. Während des Essens wurde ich von einer Gruppe musizierender und lieblich singender Mädchen unterhalten. Diese Welt der Trunkenheit und Freude währte eine Stunde.

Meine Ausgelassenheit erreichte ihren Höhepunkt.

Mein Ich wurde durch eine Wolke aus Leidenschaft verblendet und verwandelte mich in ein wollüstiges Raubtier. In diesem Moment betrat ein Mädchen den Raum, verbeugte sich vor mir und sprach: „Mein Herr, die Peri ist vor Verlangen nach Ihrer Liebe und Gesellschaft erfullt. Seit Tagen hat sie mit Tränen in den Augen auf Ihre Ankunft gewartet. Bitte, kommen Sie.“ Sogleich hakte sie sich bei mir unter, führte mich in ein Zimmer in der zweiten Etage des Palastes und schloß die Tür hinter mir.

Ich sah mich in dem Zimmer um, und mir stockte der Atem. Da lag sie vor mir, die Schönste der Schönen, und sah mich mit verlangendem, glutvollen Blick an. Ich schrie auf, und gleich einer Kerze im Sonnenlicht schmolz ich beim Anblick ihrer Schönheit dahin. Mir wurde schwarz vor Augen, die Knie weich, und ich konnte mich nicht mehr aufrecht halten.

Ihre lüsternen, glänzenden Augen, das Lächeln auf ihren feuchten Lippen erweckten in mir ein nie gekanntes Verlangen. Vor Erregung unfähig, mich aufzurichten, kroch ich auf allen Vieren bis zum Rande ihres Lagers. Wie ein Bettler um Barmherzigkeit flehend, in einem jämmerlichen Zustand, ließ ich meinen Blick mit feuchten Augen auf dieser unvergleichlichen Schönheit ruhen.

Diese Peri der Liebe lag auf einem mit purpurrotem Tüll geschmückten Lager. Ihr silberfarbener Körper wurde mir nur durch ein dünnes Seidenhemd vor den Augen verborgen, sie glich einem von überirdischem Glanz umgebenen Licht. Der dünne seidene Schleier des Gewands verbarg kaum diesen unbeschreiblichen Körper und die glutvollen, vor Verlangen funkelnden Augen in dem engelhaften Gesicht vor den Augen des Betrachters.

Der Glanz in ihren Augen nahm immer mehr zu, ihre Lippen zitterten und bebten vor Begierde, ihre roten Wangen wurden von der Glut der Leidenschaft noch röter. Sie breitete ihre Arme aus, und ihre schwarzen Haare legten sich um den silberweißen, bebenden Hals. Es war ein Bild der Gegensätze, von atemberaubender Schönheit. Mit ausgebreiteten Armen lockte sie: „Komm ..., komm, komm ..."

Mit einem Schrei der Freude warf ich mich in ihren Schoß und schloß diesen elfengleichen Körper in meine Arme. Ich küßte die glänzenden Wangen, die bebenden Lippen.

Ach, wie lange währte diese Vereinigung! Einen Augenblick ... einen Augenblick ...

Ein donnernder Laut ließ Himmel und Erde schwanken, ein Krachen, als würde ein Beben die Erde erschüttern. Ein gleißender Blitz ließ den Palast wanken. Das große Gebäude löste sich wie eine Handvoll Erde auf und zerfiel. Vor Furcht schloß ich die Augen, klammerte mich an die Geliebte.

Als ich die Augen wieder öffnete, fand ich mich im Schoß einer alten häßlichen Hexe wieder. Sie war so häßlich und abstoßend, daß ich mit einem Schrei des Entsetzens ihre Arme zu öffnen versuchte, die meinen Hals umschlungen hielten, um mich in Sicherheit zu bringen. Während sie laut lachte – ihr Lachen ähnelte dem Schrei einer Eule –, berührten sich fast das halbmondförmige hervortretende Kinn und ihre wie ein Adlerschnabel gekrümmte Nase. Immer wenn sich diese beiden Haken trennten, öffnete sich ihr einem Sumpfloch ähnelnder Mund, und lange gelbliche Zähne wurde sichtbar.

Während ich mich zu befreien versuchte, verstärkte die Hexe den Druck ihrer Arme, um mich nicht entkommen zu lassen, und rief: „Du Undankbarer, hast du vergessen, daß du mir eben noch zu Füßen lagst? Hast du die Liebesfreuden vergessen, die ich dir zu kosten gab? Einen Augenblick nur, und ich werde wieder die andere Gestalt annehmen.“

Endlich war es mir gelungen, mich aus ihrer Umarmung zu befreien. Der Platz, auf dem der Palast stand, war zu einem Müllhaufen geworden, und alle vorher in unvergleichlicher Schönheit erstrahlenden Hüris hatten sich jede in eine alte Hexe verwandelt. Alle begannen hinter mir herzujagen. Aus lauter Furcht, ihnen in die Hände zu fallen, rannte ich, ja flog ich davon.

Schließlich war ich vor Müdigkeit völlig erschöpft, die Hexen hatten die Verfolgung aufgegeben.

Wie aus einem Traum erwachte ich und begann meine Umgebung wahrzunehmen. Anstelle der smaragdgrünen Wiesen erblickte ich dorniges Gebüsch, statt der Nachtigallen sah ich Krähen und Eulen, und aus dem goldenen Sand waren spitze, schwarze Steine geworden. Buddha tauchte wieder in meinem Gedächtnis auf, er wollte ja an der Tür auf mich warten. Aber weder eine Tür noch Buddha waren zu sehen. Schweren Schrittes stieg ich den Berg hinab, bis ich zu einem freien Platz kam.

Dort erblickten meine vor Furcht aufgerissenen Augen eine ehrwürdige Versammlung: An der Ostseite des Platzes war ein goldener Thron aufgestellt, dort saß Buddha. Auf seinem Haupt trug er eine goldene Krone, gekleidet war er in kostbare Gewänder, und in der Hand hielt er einen mit Edelsteinen verzierten Stab. Umgeben war er von ebenso gekleideten Männern, die auf ihren Häuptern Kronen der Ehre und der Erhabenheit trugen. Ich wurde an beiden Armen ergriffen und vor sie gebracht.

Majestätisch und würdevoll erhob sich Buddha, streckte seinen Arm aus und wies mit seinem Zeigefinger auf mich: „O Mensch, der du dein Wort gebrochen hast! Wie ein Baum vom Sturm hast du dich von deinem Verlangen entwurzeln lassen, Schande über dich! Du hast dein Wort nicht gehalten und das dir gewiesene Ziel nicht erreicht. Denn den Gipfel des Nichtseines hast du nicht erreicht. Du bist nicht in den Palast der Gottesvereinigung gelangt. Hast nicht den jenseits aller Formen und Vorstellungen seienden Schöpfer erreicht. O du unachtsamer Mensch, geh, steig hinab! Geh hinab zur Welt der Illusionen, dieser häßlichen Hexe, vor der du gekniet, der du dich und deine Seele ausgeliefert hast. Du gehörst nicht zu den Reifen und Wissenden der Menschheit. Du bist nicht reif für diese Versammlung. Steig hinab, geh, geh, auf daß der Drache des Verlangens deine Eingeweide vertilge. Geh, geh, auf daß die Skorpione der maßlosen Begierden dir wie Nemrud den Schädel aushöhlen. Geh, geh, auf daß der Leichnam der Welt nicht um eines seiner Glieder klagen muß“, und mit trauriger Stimme: „Geh, geh, auf daß der Rosenhain der Standhaften dich nicht länger ertragen muß“, und zornig bebend: „Geh, geh, du Unwürdiger, steig hinab ... hinab ... hinab ...“

Buddha gab mit der Hand ein Zeichen, als würde er den Steinen einen Befehl erteilen. Die Stelle, auf der ich stand, Erde und Steine, glitt mit blitzartiger Geschwindigkeit, wie ein Wasserfall, hinab. Ich rutschte auf einen Abhang zu, immer näher an den Rand. In Todesangst löste sich ein Schrei der Hoffnunglosigkeit aus meinem trockenen, zitternden Mund.

*
* *

Ich öffnete die Augen, da fiel mein Blick auf das lächelnde, weiche Gesicht und die traurigen Augen von Aynali Baba. Er reichte mir einen Becher, und ich trank. Gleich darauf bot er mir einen ungesüßten frischen Kaffee an.

„Mein Sohn", sagte er, „es ist nicht leicht, den Gipfel des Nichtseins zu erklimmen, nicht leicht ... gar nicht leicht."

Ich konnte nicht an mich halten, warf mich ihm zu Füßen und bat ihn, am nächsten Tag wiederkommen zu dürfen.

„Solange ich in dieser Gegend bin, darfst du mit niemandem über das zwischen uns Vorgefallene reden. Versprichst du mir das?" sagte er. Ich versprach es ihm, und er erlaubte mir, am nächsten Tag wiederzukommen.

Der zweite Tag: Der Kampf von Licht und Finsternis

O Licht, verwandle die
Finsternis in Dein Licht.
ZARATHUSTRA

Ich verließ den Friedhof und ging nach Hause. Meine Mutter war sehr verwundert, als sie mich sah, denn sonst kam ich jeden Tag volltrunken erst in den frühen Morgenstunden ins Haus. Nachdem ich ihr versichert hatte, daß ich nicht krank sei, ließ sie mich in Ruhe, und ich verbrachte die Zeit, über meine Visionen nachzudenken. Recht früh schlief ich ein und ging am nächsten Tag gleich morgens zum Basar. Ich kaufte einige kleine Töpfe, Teller, eine Kupferschüssel, Löffel, ein Kohlebecken und weiteren Hausrat. Danach besorgte ich noch Butter, Reis, Kaffee und andere Lebensmittel.

Sobald als möglich ging ich zum Friedhof. Aynali Baba saß vor seiner Hütte. Er nahm die Geschenke an und begann sofort, Kaffee zu kochen. Nach einer kurzen Unterhaltung aßen wir eine Kleinigkeit, schliefen etwas und tranken dann noch einmal Kaffee.

Der Dede nahm seine Ney und begann, wie am Tage zuvor, auf ihr zu spielen und sang dazu mit seiner schönen Stimme ein Gazel:

„Die Ereignisse und diese Welt sind nicht von ewiger Dauer.
Wo sind Adam und Eva?
Wenn du verständig bist, erkenne –
ein Atemhauch ist dieses Leben,
ein Hauch des Atems.

Die Erinnerung an das Vergangene bringt
Leid und Kummer,
mühe dich nicht mit dem Schicksal ab,
denn niemand bleibt, ein jeder muß gehen.
Ein Atemhauch ist dieses Leben,
ein Hauch des Atems.

Ist es nicht schade, daß ein Bettler wie du sich
mit Leid und Geldnot plagt?
Mühe dich nicht ab mit den Sorgen des Jetzt:
und des Kommenden.
Ein Atemhauch ist dieses Leben,
ein Hauch des Atems.

In diesem Leben gibt es keine Beständigkeit,
jeder Tag bringt Leid und Kummer.
O du, der du dich den
weltlichen Freuden hingibst,
verbringe dein Leben nicht nutzlos.
Ein Atemhauch ist dieses Leben,
ein Hauch des Atems.

Wer weiß, ob er ein Edler
oder ein Verrückter war?
Im Todeskampf ist das Leben nur ein Atemzug,
und der Rest ist nur Leid und Trauer.
Ein Atemhauch ist dieses Leben,
nur ein Hauch des Atems."

Nach einiger Zeit wurde die Melodie der Ney zu einer leisen, anmutigen Klage, und ich geriet wieder in einen eigenartigen Zustand der inneren Wahrheit.

Wieder begann ich eine andere Welt wahrzunehmen: Ich befand mich in einem Haus inmitten der Stadt *Balch*[15]. Gerade war ich aufgestanden, als eine Frau den Raum betrat; es war meine Ehefrau. Sie sprach mit mir in einer seltsamen Sprache, einer Mischung aus Persisch und Sanskrit. Wunderbarerweise beherrschte auch ich diese Sprache vollkommen. Ich war ein Mensch mit zwei Persönlichkeiten, ich war „ich“ und gleichzeitig jemand, der vor mehr als zweitausend Jahren in Persien gelebt hatte.

Meine Frau sagte: „Sie sind spät dran, kleiden Sie sich endlich an, damit Sie noch rechtzeitig zum Fest kommen.“

Nachdem ich zuvor ausgezeichnet gespeist hatte, kleidete ich mich an. Meine Bekleidung bestand aus einem Wickelgewand, das am Rand mit Fransen verziert war und in der Taille durch eine Schärpe gehalten wurde. Auf meinem Kopf trug ich eine komisch geformte Haube.

Ich trat auf die Straße. Eine große, aufgeregte Menschenmenge eilte durch die Straßen. Ich schloß mich ihnen an, und nachdem wir viele Gassen und Straßen passiert hatten, kamen wir zu einem großen Platz.

Tausend, ja hunderttausend Menschen waren hier versammelt. In der Mitte des Platzes war ein riesiges Zelt errichtet worden. Da ich nicht wußte, weswegen ich hier war und was sich hier abspielte, mußte ich einen neben mir Stehenden fragen.

„Heute beginnt das vierzig Tage dauernde Vergnügungsfest. Jetzt werden die Ausrufer jeden einzelnen zur Prüfung einladen, und jeder wird allein in die Gegenwart von Zarathustra treten. Nur wer ein Wort der Wahrheit weiß, dem wird erlaubt, die Wahrheit zu schauen, und auf der Stirn erhalten diese das Mal des Paradieses. Doch wer nichts weiß, dem wird die Schauung nicht zuteil, und er bekommt das Zeichen der Verpflichtung zur Läuterung auf die Stirn gebrannt. Wer dann gute Werke verrichtet und sich so in seinen Gedanken und Handlungen läutert, bei dem verschwindet das Zeichen von selbst, und seine Angehörigen begehen ein großes Fest“, sagte dieser.

Da ich nichts wußte, würde ich die Prüfung bestimmt nicht bestehen können und deshalb das Mal der Verpflichtung zur Läuterung erhalten. Ich bedauerte, überhaupt hierhergekommen zu sein, beschloß, nach Hause zu gehen, und teilte dies dem Mann, den ich befragt hatte, mit.

„Sage bloß nicht, daß du gehen willst, denn auch diejenigen, die nicht zur Prüfung erscheinen, erhalten das Mal der Läuterung gleich denen, die die Prüfung nicht bestehen."

Angesichts dieser Sachlage beschloß ich doch, zu bleiben und die Prüfung anzutreten.

Die Ausrufer begannen mit ihrer Tätigkeit, und die Aufgerufenen näherten sich in geordneten Reihen dem Zelt. Mein Standort war nicht so weit vom Zelt entfernt, so stand ich schon nach etwa einer Stunde vor dessen Eingang. Ein Wächter öffnete für jeden den Zelteingang und ließ also auch mich ein.

Zarathustra saß auf einem erhöhten Thron, auf seinem Haupt trug er eine goldene Krone, und angetan war er mit einem kostbaren Gewand. Um ihn herum standen etwa vierzig Männer, die ehrfurchtsvoll ihre Arme vor der Brust gekreuzt hatten. Erstaunt stand ich vor dieser edlen Versammlung. Ich hatte Furcht, aus Unwissenheit vor diesem Rat nicht bestehen zu können und Schmach und Schande auf mich zu ziehen. So begann ich, aus der Tiefe meines Herzens zu beten.

Zarathustra befragte mich: „Woher bist du gekommen?"
Eine Antwort wurde in meinem Herzen geboren: „Von dem allmächtigen und aller Dinge fähigen Gott."

„Und wozu bist du hierher gesandt?"

„Gott der Allmächtige trennte die Finsternis vom Licht. Das Licht ist die Gerechtigkeit und die Finsternis die Verdammnis. Zu dem Licht sprach er ‚Ich' und zu der Finsternis ‚Mein Gegenteil'."

„Was ist das Licht, und was ist die Finsternis?"
„Das Licht ist *Ormazd*,
und die Finsternis ist *Ahriman*."
„Wer steht über wem?"

„Jetzt sind sie gleich, keiner steht
über dem anderen."
„Was ist dieser Gegensatz, und
wie wird der Ausgang sein?"
„Zum Schluß wird Ormazd über Ahriman siegen,
und die ganze Welt wird von Licht erfüllt sein."
„Was kommt danach?"
„Gott wird sagen: ‚Alles bin Ich';
‚Mein Gegenteil' wird er nicht mehr sagen."

Zarathustra hob einen Arm und wies auf mich und sagte: „Gott möge dich mit seinem Licht erfüllen."

Zwischen meinen Augenbrauen tauchte plötzlich ein senkrechter grüner Strich auf. Die Gruppe der Weisen um Zarathustra verbeugten sich leicht in meine Richtung und sagten: „Gott möge dich segnen."

Ich verließ die Versammlung und trat aus dem Zelt. Alle, die den grünen Strich auf meiner Stirn sahen, machten mir ehrfürchtig Platz und bildeten eine Gasse, durch die ich mit dem mir am Zeltausgang beigegebenen Führer den Platz verließ.

Am Rande des Platzes wurden für uns zwei Pferde bereitgehalten, wir bestiegen sie und ritten davon. Nach einigen Stunden des Weges erreichten wir eine Art Karawanserei. Wir blieben den Rest des Tages dort und sollten am nächsten Tag in aller Frühe zur Weiterreise geweckt werden.

Mein Begleiter führte mich in ein Zimmer und sprach: „Du wirst einen furchtbaren Kampf antreten. Kannst du mit Schwert, Schild, Morgenstern und anderen Kriegsgeräten umgehen? Komm, laß es uns probieren."

Der Raum, den wir betreten hatten, war vollgestopft mit den unterschiedlichsten Waffen und vielerlei anderem Kriegsgerät. Mein Führer streifte mir eine Rüstung über und befahl mir, einen Morgenstern zu nehmen. Ich spürte in mir eine ungeheure Kraft und Zuversicht. Der Gefährte war begeistert, wie ich mit dem Morgenstern kämpfte, und viel Lob erhielt ich für meine Fähigkeit, mit dem Schwert umzugehen.

Nachdem wir uns mit den besten Rüstungen aus dieser Kammer versehen hatten, bestiegen wir unsere geflügelten Rosse und brachen auf. Bis zum Abend ritten wir in schnellem Galopp durch die Luft und erreichten schließlich einen riesigen, furchteinflößenden Berg. Der Berg war so hoch, daß sein Gipfel in den Wolken verschwand. Ich fragte meinen Führer nach dem Namen des Berges.

„Dies ist der Berg der Unterscheidung“, antwortete er. Die Nacht verbrachten wir am Fuße des Berges, bei Sonnenaufgang bestiegen wir wieder unsere Rosse und ritten durch die Luft zum Gipfel.

Die Geschwindigkeit unserer Rosse war unglaublich – endlich erreichten wir die Bergspitze. Was ich dann auf dem Gipfel zu sehen bekam, überstieg jede menschliche Einbildungskraft:

Ein riesiges Feld, so groß wie die Welt, war in zwei Hälften aufgeteilt; die eine Hälfte zur Linken war in schier unendliche Finsternis und die rechte Hälfte in funkelndes Licht getaucht. Was besonders erstaunlich war: Wir konnten trotz der Finsternis auf der einen und der blendenden Helligkeit auf der anderen Seite alles klar und deutlich erkennen, was sich dort jeweils zutrug.

Unzählige Menschen waren hier versammelt, wie beim Jüngsten Gericht. Sie waren in zwei Parteien aufgeteilt, die eine befand sich im Ozean des Lichts und die andere im Meer der Finsternis. Zwischen diesen beiden Parteien war ein großes, freies Feld, an dessen Ende zwei gewaltige Throne errichtet waren. Auf der Lichtseite saß Ormazd, und aus seinem edel geschnittenen Gesicht lösten sich blitzende Kaskaden von Licht. Auf dem Thron der Seite der Finsternis saß Ahriman. Eine dämonische Aura der Bosheit, durchdrungen von destruktiven Energien, wie Habsucht, Gier und dergleichen, umgab ihn. Sein Aussehen war so furchterregend, daß sein Anblick kaum zu ertragen war. Doch der Blickfang dieser eigenartigen Landschaft war ein Thron, der vor denen von Ormazd und Ahriman auf der anderen Seite des Feldes in der Luft schwebte. Ein himmlisches Licht ging von ihm aus, und es war, als würde dieses Licht, diese Ausstrahlung, aus der Vereinigung der beiden Gegensätze von Hell und Dunkel entstehen.

Als wir den Platz erreicht hatten, reihten wir uns sofort auf der Seite von Ormazd ein. Einige Zeit verging, bis der Platz plötzlich von einem unerträglichen Lärm erfüllt war, ein lauter Ruf erscholl: „Seht, seht, der Befehl Gottes hat die Erde erreicht."

Auf dem schwebenden Thron war ein Lichtwesen von unvergleichlicher Schönheit und Vollkommenheit erschienen, in seiner rechten Hand hielt es eine Kugel. Die östliche Seite war in tiefe Finsternis und die rechte Hälfte in reinstes Licht getaucht. Die Trennung zwischen diesen beiden Hälften war so scharf, daß nicht ein Atom der einen Seite auf die andere gelangen konnte.

Das unüberschaubare Volk der rechten Hälfte des Feldes betete mit lauter Stimme: „O Herr, o Herr, nimm die Finsternis fort!"

Die Anhänger von Ahriman schrien: „O Finsternis, zeige deine Wahrheit!"

Plötzlich war die liebliche Stimme des Lichtwesens zu vernehmen, und obwohl es leise sprach, konnte jeder auf dem riesigen Feld die Worte verstehen: „Dieses Feld ist der Ort der Gerechtigkeit und der Prüfungen."

Daraufhin versank das Feld in Totenstille, beide Parteien begannen lautlos, jeder für sich, zu ihrem Herrn zu beten. In diese Stille hinein begann Ormazd, der von seinem Thron aufgestanden war, mit gewaltiger Stimme eine Ansprache: „O ihr Menschenkinder, Gott hat euch geschaffen, damit ihr aus Licht werdet wie Er. Er hat euch über seine ganze Schöpfung erhoben und auch mit unzähligen Wohltaten begnadet. Obwohl ihr aus seinem Licht erschaffen wurdet, seid ihr mit der Finsternis in Berührung gekommen, und obwohl ihr geistiger Natur seid, wurdet ihr an einen stofflichen Leib gebunden. Und dies, damit ihr euer wahres Wesen erkennt und das Licht über die Finsternis in euch siegen laßt. O ihr Menschenkinder, ich bin das Licht, kommt zu mir, auf daß wir wieder zu einem Licht werden und ihr werdet zum „Ich". Haltet die Gebote Gottes und bewahrt euch vor dem Schlechten, auf daß ihr euch des Lichts würdig erweist. Erstrebt und wünscht euch euere Mitmenschen, wie ihr euch selbst wünscht und wonach ihr strebt. Verbannt den Haß und die Eifersucht aus eueren Herzen, laßt ab von Zwietracht und Feindschaft, vergreift euch nicht an Recht und Gut eueres Nächsten, laßt ab von den Eigenschaften der Finsternis und gebt euch nicht der Gier und Habsucht hin. Danket Gott und seid zufrieden mit dem, was er euch zukommen läßt. Kurzum, verlaßt diese Welt als diejenigen, als die ihr sie betreten habt: als Wesen aus Licht, auf daß ihr ewig in der Welt des Lichts verweilen möget."

Ormazd ließ sich wieder auf seinem Thron nieder, da erhob sich Ahriman und begann mit seiner Rede: „O ihr Menschenkinder! Öffnet euere Augen. Überlegt gut, warum und wozu ihr geschaffen wurdet. Hört nicht auf die Worte eines Dichters, es sind Lügen, und verbringt euer Leben nicht nutzlos. Lacht, belustigt euch, seid fröhlich, esset, trinket und genießt die Freuden dieser Welt. Auf der Welt gibt es nur zwei Wünsche, zwei Ziele, und alles andere ist Lüge. Das eine ist der Hochmut, und das andere ist die sinnliche Begierde, und das Ich ist es, was den Menschen dazu treibt. Deswegen müßt ihr nach der Erfüllung dieser beiden Lebensziele und Bedürfnisse streben. Belebt euer Ego, zieht es allen Dingen vor, und wenn die Befriedigung eueres geringsten Wunsches tausend Leben kosten sollte, so habt ihr das Recht, diesem Wunsch, diesem Vergnügen nachzukommen. Dies ist der Grund für euer Hiersein, und dies entspricht auch den Gesetzen der Natur; denn ein kleiner Vogel frißt Würmer und dergleichen, der große Vogel frißt den kleinen, und der große Vogel wird teils durch Hunger, teils durch Kälte umgebracht. Ein Käfer frißt Pflanzensamen, der Käfer aber wird zum Fraß für anderes Getier, und dieses wird von den größeren Lebewesen gefressen. Ein Schaf frißt Gras, und ihr tötet es, um es zu verzehren. Diese Welt ist Fressen und Gefressenwerden und zum gegenseitigen Vernichten geschaffen. Jedes Lebewesen ist seit seiner Geburt der Feind eines anderen. Und wer sich vor den Zähnen der Gier und Habsucht des anderen retten kann, auch der wird eines Tages von dem Tod genannten giftspeienden Dämon geschluckt. Dies ist die ganze Wahrheit. Hört nicht auf das nutzlose Geschwätz. Es gibt kein anderes Sein als euer Ego, und erkennt nichts außer der Befriedigung euerer Begierden an!"

Sofort erhob sich Ormazd und rief: „O ihr Menschen, hört nicht auf Ahriman, diesen boshaften und verführerischen Dämon, seine Worte sind eine einzige Lüge. Das Streben nach der göttlichen Wahrheit wird euch mehr Freude bereiten als Eigensucht und Habgier. Es gibt so viele geistige Freuden, an deren Seite die sinnlichen Begierden zu nichts verblassen. Die von Ahriman so gepriesene Selbstsucht ist eurer nicht würdig, den Strom eures Egos solltet ihr im Bette der Ethik und Disziplin fließen lassen. Der Mensch ist eine Blume im Garten der Anerkennung und des Gehorsams, sein Geist und Verstand sind der Duft, der diesen Blumen entströmt und so alle anderen Blumen übertrifft. Die Gesetze, nach denen die Natur geregelt wird, treffen nicht alle auf den Menschen zu und haben nichts mit der Gerechtigkeit, die das oberste Prinzip des menschlichen Lebens sein sollte, zu tun. So hört nicht auf diese verführerischen Worte."

Diesmal sprach Ahriman mit zorniger Stimme: „Ormazd lügt, er will euch zum Sklaven erfundener Gesetze, illusionärer Regeln und Vorschriften machen, damit ihr unfähig und gehorsamer als Tiere werdet. Er will euch nur von eueren Freuden und Vergnügungen abhalten. Hört nicht auf ihn, diesen Handlanger Gottes!“

Immer mehr erhitzten sich die beiden in ihren Worten, schließlich bedrohten sie sich sogar gegenseitig. Da erhob sich das Lichtwesen auf dem schwebenden Thron, hielt die Kugel in seiner Hand zwischen die beiden und sprach: „Noch ist die Zeit nicht gekommen, müht euch nicht umsonst ab. Den Kampf tragen euere Anhänger untereinander aus.“

Daraufhin rief Ormazd mit dröhnender Stimme: „Wer auf meiner Seite steht, der trete vor.“

In der Zwischenzeit reihte ich mich mit meinem Führer in die Reihen der Krieger Ormazds ein. Die Nacht verbrachten wir unter ihnen, und wir wurden vortrefflich bewirtet und geehrt.

DER TAG BEGANN unter dem Klang der großen und kleinen Trommeln. Einer der Krieger Ahrimans trat vor und forderte jemanden aus unseren Reihen zum Kampf. Sofort stellte sich einer der unsrigen dem Kampf. In dieser Form währte der Kampf den ganzen Tag. Zwanzig Krieger stellten sich dem Zweikamf und fochten miteinander. Einmal siegte jemand aus den Reihen Ahrimans, einmal jemand von uns. Jeden Tag wurden die Kämpfe fortgesetzt, und eine große Zahl von Kämpfern fiel auf dem Felde.

Am siebten Tag blieb einer unserer Kämpfer bis zum Abend siegreich, einer nach dem anderen wurden die Kämpfer Ahrimans von ihm niedergestreckt. Auf unserer Seite schlug man die Trommeln des Sieges und der Freude, und aus tausend Kehlen erscholl der Ruf: „Gott möge ihn segnen!“

In dieser Nacht berichteten unsere Spione, daß am nächsten Tag eine bisher unbezwingbare Kämpferin Ahrimans den Kampfplatz betreten würde. Erregung ergriff unsere Reihen. Ich betrat mit meinem Führer das Zelt eines unserer Spione, lange unterhielten wir uns und erfuhren, daß am nächsten Tag die Hexe *Nifak*, die Zwietracht, kämpfen würde. War die Hexe erstaunlicherweise dazu verurteilt, bis ans Ende der Zeiten zu leben, galt es als unmöglich, sie zu töten, und dies war der Grund der Erregung in unserem Lager. Ich war über alle Maßen aufgeregt und neugierig und träumte die ganze Nacht von merkwürdigen Kämpfen.

AM NÄCHSTEN MORGEN zog die Hexe Nifak unter den Klängen der großen und kleinen Trommeln in den Kampf. Sie war eine furchtbare Kriegerin, von Kopf bis Fuß in eine stählerne Rüstung gehüllt, saß sie auf einem großen arabischen Hengst. Sie ließ das Tier auf dem Kampfplatz tänzeln und rief mit lautstarker Stimme:

„Nun, wo ist der Held, der es mit mir aufzunehmen wagt? Ich bin eine unbesiegbare Kämpferin, unzählige Krieger sind durch meine Schwertstreiche niedergestreckt worden, und unzählige Brustpanzer wurden von meinen Pfeilen durchschlagen. Wer will es mit mir wagen? Wer ist seines Lebens überdrüssig und hat genug von dieser Welt?"

Einer unserer Kämpfer trat den Kampf an, obwohl er wußte, daß er unterliegen würde. Er starb unter einem gewaltigen Schwertstreich der Hexe. Dreißig Krieger, einer nach dem anderen, wurden von Nifak niedergestreckt. Drei Tage lang kämpfte Nifak, und an jedem Tag verloren dreißig bis vierzig Krieger ihr Leben. Niemand konnte sie besiegen.

In der vierten Nacht waren auf unserer Seite wichtige Vorbereitungen zu treffen. Und Hoffnungsschimmer legte sich auf die Mienen der Menschen. Ich fragte meinen Führer, was das zu bedeuten habe, er antwortete: „Morgen wird der treueste aller Diener von Ormazd den Kampf antreten, sein Name ist *Muhabbet*[16]. Er wird von Ormazd über alle Maßen geliebt und geehrt, denn niemand außer ihm ist in der Lage, Nifak zu besiegen. In dieser Nacht wird

Salāh[17], einer der Minister von Ormazd, kommen und zu uns sprechen."

Gegen Mitternacht kam der alte Weise Salāh. Er sprach allen Mut zu und forderte sie auf, nicht abzulassen, für Recht und Wahrheit zu kämpfen; seine Predigt beendete er mit einem ergreifenden Gebet.

Am nächsten Morgen erschien die Hexe Nifak auf dem Kampfplatz. Höhnisch lachend rief sie: „Nun, wo ist derjenige, der heute seiner Seele überdrüssig ist? Warum kommt niemand? Wo ist er, der sich für einen Krieger hält?"

Unter den brausenden *Tekbir*-Rufen[18] der Anhänger Ormazds betrat Muhabbet den Kampfplatz. Kaum daß Nifak Muhabbet sah, rief sie: „Endlich bist du gekommen, seit drei Tagen warte ich auf dich, bereite dich auf deinen Tod vor."

Der Held Muhabbet stieß einen Kriegsschrei aus und erwiderte: „Wer mich kennt, kennt mich, und wer mich nicht kennt, wird dazu Gelegenheit haben. Ich bin Muhabbet, der Held und Krieger, ungeschlagen bin ich aus unzähligen Schlachten hervorgetreten. Meine an Löwenpranken erinnernden Hände haben zahllose niedergestreckt, die sich unbesiegbar wähnten. O Nifak, wisse, wenn ich mit dir kämpfe, besiege ich dich. Du hast genug Unheil auf dem Erdball angerichtet, deine letzte Stunde ist gekommen."

Nifak antwortete: „Du hast recht, der Held Muhabbet steht jederzeit über der Hexe Nifak." Und sie stürmten aufeinander los. Die Funken stoben auf, als sie mit ihren Schwertern die Schilde trafen. Bis zum Abend währte der Kampf, ohne daß eine Entscheidung fiel. Am nächsten Tag wurde der Streit noch heftiger, und jeder der Kämpfer war von dem Gedanken, den Gegner zu besiegen, beseelt. Aber auch dieser Tag endete unentschieden. Doch am dritten Tag, als die Sonne im Zenit stand, streckte Muhabbet Nifak mit einem furchtbaren Schwertstreich nieder. Begeisterungstaumel erfaßte die Anhänger Ormazds, und das Himmelsgewölbe erzitterte von den Freudenschreien der Massen.

Wutgeschrei erscholl auf der Seite von Ahriman. Bis zum Abend kämpfte Muhabbet weiter und besiegte noch dreißig weitere Gegner. Sieben Tage kämpfte er, ohne besiegt zu werden.

In der Nacht des siebenten Tages erfuhren wir durch unsere Spione, daß aber am nächsten Tag einer der größten Kämpfer Ahrimans antreten würde. Und wirklich, mit dem Sonnenaufgang brach auf der linken Seite ohrenbetäubender Lärm aus. Der Krieger Ahrimans betrat den Kampfplatz, es war ein gewaltiger Riese, saß auf einem gelben Kamel und schwang in der Hand einen menschenkopfgroßen Morgenstern.

Er umritt den Kampfplatz und rief: „O ihr Freunde Ormazds, wer will es mit mir aufnehmen? Man nennt mich den Helden Gazāb[19], wenigen ist es bisher gelungen, einen Kampf mit mir lebend zu überstehen." An diesem Tag kämpfte er verbissen mit Muhabbet, der sich zum Kampf gestellt hatte, ohne eine Entscheidung herbeiführen zu können. Erst am dritten Tag konnte Gazāb Muhabbet mit einem Schlag niederstrecken. Muhabbet war nur schwer verwundet, aber Gazāb zerriß seinen Körper mit seinen scharfen Zähnen. Er riß das Herz heraus und warf es Ahriman zu Füßen, indem er sprach: „O Gebieter, das Herz eines großen Feindes mögest du mit deinen Füßen zermalmen."

Furchtbares Entsetzen über den grausamen Ausgang dieses Kampfes ergriff unsere Reihen, während die Anhänger Ahrimans in Jubel ausbrachen und in den Ozean der Freude eintauchten.

DIESE MERKWÜRDIGE „Freudenfest" genannte Angelegenheit währte nun schon achtunddreißig Tage. Noch immer blieb Gazāb unbesiegt, und die rechte Kugelhälfte in der Hand des Lichtwesens wurde allmählich mit der Finsternis der linken Hälfte überzogen. Es sah so aus, als werde Ahriman mit seinen Leuten diesmal den Sieg davontragen.

Salāh, der Vertreter Ormazds kam zu uns und sagte, daß Gazāb nur von dem Krieger *Hikmet*[20] besiegt werden könne, und er befahl, daß dieser Krieger am nächsten Tag den Kampf antreten müsse. Und da bis zum Ende des Festes nur noch zwei Tage waren, sollten alle für den Sieg Hikmets beten.

Als wir in unser Zelt zurückkehrten, wandte sich mein Führer mir zu, sah mich mit festem, ernstem Blick an und sagte: „Weißt du, wer der Held und Krieger Hikmet ist?"

„Nein", sagte ich.

„Nun", erwiderte er, „der Krieger Hikmet bist du. In dieser Nacht ist keine Zeit zum Schlafen, denn morgen wirst du gegen Ahrimans zweitbesten Kämpfer Gazāb antreten. Den Rest der Nacht wirst du im Gebet und mit Waffenunterweisung verbringen." Vor Verwunderung erstarrt stand ich da. Nie wäre es mir eingefallen, daß ich mit einer so wichtigen Aufgabe betraut würde. Ebensowenig wußte ich, daß ich der Held Hikmet war. Und doch, diese große und wichtige Aufgabe, und das Vertrauen, das damit verbunden war, ließen ungeahnte Kräfte in mir wach werden. Um dieser Aufgabe gerecht zu werden und um den Sieg davonzutragen, verbrachte ich viel Zeit in Gebet und Meditation, zwischendurch unterwies mich mein Führer im Schwertkampf und zeigte mir die merkwürdigsten Angriffsmethoden. Zur Zeit des Morgengebets legte ich meine Rüstung an, und mein Führer warf mir einen schweren Panzergurt um. Er küßte mich auf die Stirn und sprach mit Tränen in den Augen ein Gebet. Als die Sonne aufging, bestieg ich mein Pferd und war zum Kampf bereit. Gazāb betrat die Arena, ich ritt ihm entgegen, und er fragte mich nach meinem Namen.

„Der Held Hikmet", sagte ich.

„Du armseliger Wicht, meinst du etwa, daß ein Narr wie du gegen mich, der ich wie ein wilder Löwe bin, kämpfen kann? Los, hau ab, du bist ein ungefährlicher Zwerg, und es geziemt sich für mich nicht, dein Blut zu vergießen", erwiderte er.

Daraufhin sagte ich: „Ich kann mich nicht erinnern, je von dir besiegt worden zu sein. Anscheinend vertraust du deinem Geschrei, oder hast du vergessen, daß man mich nicht hierher geschickt hätte, wenn ich dich nicht besiegen könnte. Aber lassen wir das unnütze Geschätz, sei bereit zu sterben!"

Gazāb rief wutentbrannt: „So, offensichtlich haben sie dich trunken gemacht, daß du so wirr redest. Auf, laß uns beginnen!"

Sofort stürmte er auf mich los. Wir kämpften verbissen, und ich mußte mein ganzes Können aufbieten, um mich seiner tödlichen Hiebe zu erwehren. Leicht wie ein Vogel schwirrte ich umher, leichtfüßig wehrte ich mich, und so währte der Kampf bis zum Abend. Gazāb konnte mit keinem seiner Hiebe meine Deckung durchbrechen, doch auch mir gelang es nicht, ihn zu treffen. Nachdem der Kampf abgebrochen worden war, ruhte ich mich etwas aus und verbrachte den Rest der Nacht in Gebet und Meditation.

Am nächsten Tag bereitete ich mich noch vor Sonnenaufgang auf die Fortsetzung des Kampfes vor, und mein Führer gab mir noch einige Ratschläge. Mit Tagesbeginn standen wir uns wieder gegenüber, Gazāb schäumte vor Wut. Wie ein Kreisel sprang er um mich herum und schrie: „Nun, gestern hast du noch Glück gehabt, doch heute geht es dir ans Leben!" Dabei nahm er eine Haltung ein, als wollte er sich sofort auf mich stürzen, ich erinnerte mich des Ratschlags meines Führers und sagte zu ihm: „O weh, sag, was hast du dort am Kopf?"

Erschrocken griff er nach seinem Kopf, und sofort stieß ich mein Schwert von oben in seine ungeschützte Achsel zum Herzen. Gazāb stieß einen fürchterlichen Schrei aus, ging in die Knie und brach blutspuckend zusammen. Rufe wurden aus den Reihen Ahrimans laut: „Hikmet hat Gazāb durch eine List besiegt."

Die Kugel in der Hand des unbekannten Lichtwesens wurde von einem gleißenden Licht umgeben, die Finsternis war gewichen, und auf unserer Seite nahm der Freudentaumel kein Ende. Ich kämpfte noch weiter und konnte bis zur Mittagsstunde noch eine Anzahl Feinde besiegen.

Jedoch dann trat mir ein Krieger gegenüber: Sein Gesicht war durch einen Schleier bedeckt, er saß auf einem weißen Kriegselefanten, und kaum sah Ahriman den Recken, erhellte sich sein Blick, und sein Gesicht nahm einen verschlagenen, hinterlistigen Zug an. Ormazd war entsetzt, als er sah, wer den Kampf gegen mich angetreten hatte, er wandte sich dem Lichtwesen zu und rief: „O Gott, o Gott, willst du das Licht vernichten? Erbarmen ... Erbarmen ... Erbarmen ..."

Gott antwortete: „Das Recht ist auf Ahrimans Seite, er kann in den Kampf schicken, wen er will."

Ahriman begann lauthals zu lachen, Ormazd senkte betrübt den Kopf und sagte: „Wie du befiehlst, o Herr."

Ich hatte den Wortwechsel auch verstanden, alles deutete darauf hin, daß ich diesem Kampf unterliegen würde.

In einer stolzen, anmaßenden Art ritt der Krieger durch die Arena, in siegessicherer Pose saß er auf seinem Elefanten und stieß wilde Schreie aus. Auf der Mitte des Platzes zügelte er sein Reittier, reckte sich auf und rief mit donnergleicher Stimme: „O ihr unachtsames Volk, ihr verleugnet meine Kraft und Gewalt. Ihr solltet wissen, ich bin der Held der Helden, der größte Krieger aller Zeiten. Man nennt mich *Nefs-i Emmāre*[21], und bisher gab es niemanden, den ich nicht in irgendeiner Art und Weise besiegt hätte. Ich kann fünftausend Gestalten annehmen und verfüge über tausend verschiedene Waffen."

Er wandte sich mir zu: „O Hikmet, du bist ein armes Wesen! Komm und ergib dich mir freiwillig, auf daß ich dich zu einem meiner Diener machen kann. Du bist ein dummes und einfältiges Geschöpf und in meiner Hand nicht mehr als eine Fliege zwischen meinen Fingern. Doch gleichwie mag ich dich, hast du mir doch schon in der einen oder anderen Art gedient. Also, übergib dein Schwert und rette dein Leben."

Ich verwarf dieses Ansinnen als unmöglich und bestand auf dem Kampf, daraufhin sagte er zu mir: „O Hikmet, schau auf meine Waffen. Alles, was dein Führer dir beigebracht hat, alle Listen und Kampftechniken können mir nichts anhaben. Alles, was du gelernt hast: Geduld, Weisheit, Güte, Mitleid ... nützt dir nichts. Gegen alles kenne ich tödliche Waffen wie Gier, Zorn, Habsucht, Hinterlist und dergleichen. Komm, bring dich nicht selbst um."

Wieder lehnte ich seinen Vorschlag ab.

„Du Unglücklicher, was überlegst du? Deine Schläge können mir nichts anhaben. Ich könnte dich in einem Augenblick vernichten!"

Eindringlich waren seine Worte. Wiederum lehnte ich ab, und der Kampf begann. Mein ganzes Können setzte ich ein, alle mir bekannten und erprobten Kampfweisen wandte ich an, doch ich erreichte nichts. Nefs-i Emmāre wehrte alle Hiebe ab und lachte.

Da entschloß ich mich, den „scharfer Tod" genannten Schwerthieb anzuwenden, der in jedem Falle tödlich ist. Ich schlug mich zur linken Seite Emmāres durch und versuchte, eine für diesen Schlag günstige Position zu erreichen. Emmāre durchschaute meine Absicht und rief: „So, du willst mich also wirklich vernichten!? Nun, dann auf ..." Mit diesen Worten hob er seinen Schleier, gerade als ich zum tödlichen Hieb ansetzen wollte. Meine Augen wurden von der unvorstellbaren Schönheit dieses Gesichts geblendet, das Schwert entglitt meinen Händen, und ich war unfähig, mich zu rühren. Emmāre griff in meinen Gürtel und zog mich auf seinen Elefanten, um mich zu Ahriman zu bringen.

„O Ahriman, ich habe Hikmet nicht getötet, sondern gefangengenommen. Er kann in unserer Küche Zwiebeln schälen, dies scheint mir eine angemessene Beschäftigung für ihn."

Ahriman lachte schallend über diesen Scherz. Ormazds Augen füllten sich mit Tränen, die ihm dann übers Gesicht flossen. Die Kugel in der Hand des Lichtwesens veränderte sich, das Licht wich immer mehr vor der Finsternis zurück, bis das Licht total verschwunden war.

Ahriman hatte gesiegt, und seine Anhänger riefen: „Finsternis, Finsternis: Finsternis ist das Wesen aller Dinge, wir haben gesiegt!"

Die Menschen auf unserer Seite aber riefen flehend: „O du gepriesenes Licht, jede Danksagung gebührt dir. O Licht der Lichter, nimm dein Licht nicht von uns."

Ormazd warf sich vor dem Lichtwesen nieder und rief: „O Herr, tief ist deine Weisheit. Von dir kommt alle Hilfe. Um deiner Weisheit willen, wende dich nicht ab von uns und gewähre uns deine Gnade und Barhmerzigkeit."

Ormazd verharrte in der Niederwerfung, während Ahriman sein Gesicht zum Himmel wandte. Die Finsternis der linken Kugelhälfte hatte sich bis auf einen kleinen Fleck über die ganze Kugel ausgebreitet. In diesem Augenblick war von weitem eine Stimme zu vernehmen, hell und zart, und sie sang ein Lied. Die Stimme wurde immer lauter, bis aus den Reihen Ormazds eine kühne Heldin auf den Kampfplatz ritt. Sie saß auf einem grünen gehörnten Drachen, die Reiterin selbst war von unbeschreiblicher Schönheit: Langes, kastanienbraunes Haar fiel ihr in Löckchen bis über die Schultern, auf dem Haupt trug sie eine goldene, mit Edelsteinen besetzte Krone, und angetan war sie mit einem grünen Seidengewand. Sie sang ein Lied, und während wir dieser göttlichen Stimme lauschten, liefen einigen von uns Schauer eines nie gekannten Gefühls über den Rücken.

„Ich bin die, vor deren Macht und Kraft das Universum bebt. Ich bin die, vor der jeder, gleich wer, sein Haupt beugt. Die Erde, auf die ich meinen Fuß gestellt, ist der Ort der Niederwerfung für die Menschheit. Ich bin die, vor der es keine gleichen Helden gibt, und die Heroen dieser Erde sind Diener an meiner Pforte. Ich bin die, auf deren Waage der Gerechtigkeit alle gleich sind. Herrscher der Welt und Bettler haben bei mir den gleichen Rang. Kurzum, ich bin Gottes Schwert der Macht und Kraft. Ich bin *'Aschk*[22], und das Universum erbebt vor mir."

Diese schöne Stimme, diese gewaltigen Verse mit ihrer schönen Melodie! Die Menschen gerieten in einen Zustand der Selbstvergessenheit. Das Eigentümliche war, daß beide Seiten, Ahrimans sowie unsere, gleichermaßen gerührt waren. Je mehr sich die 'Aschk genannte Heldin näherte, veränderte sich die Oberfläche der Kugel des Lichtwesens, langsam wurde die Finsternis wieder vom Licht zurückgedrängt, und als sie in der Mitte des Platzes angekommen war, erstrahlte die Kugel in reinstem Licht.

Auf dem Kampfplatz befanden sich noch Nefs-i Emmāre und ich, sein Gefangener. 'Aschk lenkte ihren Drachen auf uns zu und fragte mit weicher, lieblicher Stimme: „O Emmāre, willst du mir gegenübertreten?"

Mit dem Ausdruck endloser Ehrfurcht stieg Emmāre von seinem Elefanten, kniete sich vor 'Aschk nieder und sagte: „Wie für alle bist du auch für mich meine Herrin und Wohltäterin. Hiermit bekenne ich meine Unfähigkeit und werfe mich dir zu Füßen."

Nachdem sich Emmāre ergeben hatte, ließ 'Aschk mich frei und sagte lachend: „O Hikmet, du großer Trottel, sieh zu, daß du von hier fortkommst, geh und kümmere dich um dein Wohlergehen."

Der Kampfplatz blieb 'Aschk überlassen, sie stieg von ihrem Drachen. Mit über der Brust verschränkten Armen[23] schritt sie gemessen und feierlich auf das Lichtwesen zu, drei Schritte vor ihm blieb sie stehen.

„O du Licht der Herrlichkeit, ich bin nur deine Dienerin", sprach sie und machte eine Niederwerfung. Dann richtete sie sich wieder auf und wandte sich an Ormazd: „O Ormazd, du Licht, Friede sei mit dir, deswegen, weil die Bedeutung der Finsternis durch dich erfaßt werden kann."

Dann drehte sie sich zu Ahriman und sagte: „O Ahriman, du Finsternis, Friede sei mit dir, deswegen, weil die Bedeutung des Lichts nur durch dich erfaßt werden kann."

Dann ging sie wieder zur Mitte des Platzes, hob ihre Hände zum Himmel, und die Weltkugel wurde wieder wie vorher: Eine Hälfte war wieder in Finsternis und die andere in Licht getaucht. Die Anhänger beider Seiten bezeugten ihren jeweiligen Führern ihre Reverenz und küßten ihnen die Hände. Ormazd und Ahriman stiegen von ihrem Thron, gingen aufeinander zu und reichten sich brüderlich die Hände. Lächelnd verfolgte das Lichtwesen die Szene. Während ich Ormazd die Hand küßte und in sein Gesicht blickte, sah ich ...!

*
* *

Vor Verwunderung stieß ich einen Schrei aus. Als ich die Augen öffnete, blickte ich in das lächelnde Gesicht von Aynali Baba.

Der dritte Tag: Mikro- und Makrokosmos preisen den Herrn

O Du Schöpfer, der Du seit Ewigkeiten existierst, der Du alles zu seiner Zeit und Art geschaffen hast. Nichts gab es vor Dir, und nichts wird es nach der Zeit außer Dir geben. O Herr, der Du Dich vor den Menschen verborgen hältst, obwohl Du ihm so nahe bist. Nimm mein Gebet an, so wie Du das Gebet Deines Dieners Zacharias angenommen hast.
SCHIBLĪ[24]

Auch heute fiel ich, wie an den beiden vorangegangenen Tagen, durch das Spiel der Ney in Trance. Ich sah mich als einen zwölfjährigen Knaben. Wir lebten in einer großen Stadt, und unser Haus befand sich in einer prächtigen Straße. Das Haus war fast ein kleiner Palast.

Ich schlief gerade, die Strahlen der Sonne streiften verspielt die Gegenstände in meinem Zimmer, es war Zeit für mich zum Aufstehen. Eine Dienerin trat ein, weckte mich und sagte mir, daß mein Vater mich erwartete. Ich stand auf, kleidete mich an und folgte der Dienerin, bis wir einen großen Raum betraten, in dem mein Vater mich erwartete.

Mein Vater war ein Greis von hundertundzehn Jahren, wir sprachen Sanskrit miteinander. Er sagte zu mir: „Mein Sohn, du bist nun zwölf Jahre alt, es wird Zeit, daß du dich selbst und das Universum kennenlernst. Ich werde dich zu dem besten Lehrer bringen. Da du nun das Alter erreicht hast, da du in die tiefsten Mysterien eingeweiht wirst, werde ich aus lauter Freude drei Tage und Nächte lang ein Fest geben. Auf diesem Fest wirst du die Gäste bedienen, und ein Diener wird dir behilflich sein."

Und wahrlich, es begann ein rauschendes Fest. Am ersten Tag kamen alle Brahmanen und große Beamte, am zweiten Tag Soldaten und Händler und am dritten Tag alle Armen und Bettler. An diesen Tagen bediente ich die Gäste. Am letzten Tag wurde mir ein achtzigjähriger Mann als Führer gegeben.

Am Morgen des vierten Tages machten wir uns auf den Weg. Nachdem mein Vater mich verabschiedet hatte, bestieg mein Führer ein Maultier, und ich folgte ihm zu Fuß. Er wandte sich um und sprach: „Mein Sohn, du gehst zu Fuß, um den Wert von Wissenschaft und Weisheit zu erkennen, denn man erfaßt nicht den Wert einer Sache, wenn man dafür nicht bezahlt hat."

In den ersten Tagen mußte ich viel Mühsal erdulden, aber von Tag zu Tag fiel mir das Gehen leichter. Nachdem wir vierzig Tage lang unterwegs gewesen waren, erreichten wir eine Hütte, vor der wir Rast machten, um uns auszuruhen. Dann nahm mich mein Führer bei der Hand und ging mit mir in die Hütte. Im Innern befand sich nur eine Schüssel mit Wasser.

Mein Führer sagte, ich solle mich in Richtung Osten aufstellen, brachte die Wasserschüssel vor mich und begann ein Gebet zu sprechen: „O Brahma! O du wahres Sein, o du Licht der Lichter, du Quell alles Seienden. Du Schöpfer des Universums, zeige mir die Stufen des Seins und die Grade der Seele. Er murmelte noch einige Worte oder Sätze, die ich nicht verstand, verließ die Hütte und schloß die Tür hinter sich.

In der Hütte herrschte eine tiefe Finsternis, nur auf der Wasseroberfläche in der Schüssel schien ein matter Glanz zu sein. Ich blickte darauf, wie mein Führer mir geboten hatte, und nach einer Weile begann ich eine Stimme zu vernehmen; ich konnte nicht feststellen, woher sie kam und wer da sprach. Eine Stimme, ein Klagelaut, etwas, das aus dem Herzen kam, ein Zeichen oder gar ein verborgener Satz? Ich wußte es nicht. Wurde mit der Zunge gesprochen – in welcher Sprache –, mit welchen Lauten? Ich konnte es nicht beschreiben.

War es mein Verstand oder mein Gewissen, das diese lautlosen Sätze, diese schwingungslosen Worte wahrnahm und verstehen konnte: „O du Besucher der Welt, begreife, was das Geheimnis der Geschehnisse, des Seins, ist. Es gibt keine Zeit und keine Begrenzung für den Nu der Einheit. Was auch immer du sagst, es ist Sein Name, denn Er ist der verborgene Kern aller Dinge, allen Seins. Manchmal ist Er ein den Raum füllender Edelstein, manchmal ist Er das Universum, Tod und Leben sind ein Trank, gereicht aus Seinem Weinglas. Mal ist Er Sonne, mal Mond, mal der Regen und mal die Wolke. Er ist das Feuer, die Flamme, die Nacht und der Morgen. Mal ist Er ein Stein, mal eine Pflanze, eine Ameise und mal ein Löwe. Er ist der Geist, die Seele, der Körper, das Leben und der Tod. Und als Er seinerzeit Mensch geworden war, fand Er sich in sich selbst. Er ist der Punkt, fern aller Formen und Gesetze. Was ist der Mensch? Er ist die sichtbare Verkörperung Seiner Macht und Kraft."

Allmählich verblaßte der Schein auf der Wasseroberfläche, und das Wasser wurde von der Dunkelheit verdeckt. Ich konnte nichts mehr erkennen. Während meine Augen auf die Schüssel gerichtet blieben und ich wegen der Dunkelheit nichts mehr sehen konnte, hatte ich eine merkwürdige Wahrnehmung. Doch welches meiner Organe konnte dies wahrnehmen? Ich war unfähig, das zu erkennen.

Ich untersuchte meinen Körper, versuchte ihn zu sehen, doch nur Dunkelheit umgab mich, und dennoch konnte ich sehen. Was ich sah? Das ist schwer zu benennen.

Mit unendlichem Blick sah ich einen endlosen Platz. Mir war, als würde ich in einem Nu alle Punkte der Dimensionen hundertmillionenjähriger Geschichte des Universums besuchen und kam doch nicht über einen Punkt hinaus. Die die Kraft des Denkens und Verstehens zerstörende Größe und die das menschliche Fühlen vernichtende Erhabenheit begann sich in ihrem wahren Wesen zu zeigen. Größe, Erhabenheit, Unendlichkeit – alles verschmolz ineinander und wurde zu nichts. „Mein“ konnte ich nicht sagen, „nicht mein“ konnte ich auch nicht sagen, ich verlor auch diese merkwürdige Wahrnehmung und wurde von einem Augenblick zum anderen zu nichts.

Ein Augenblick verging, und ich konnte wieder den unendlichen Platz sehen. Mit einer nicht mehr zu bestimmenden Empfindung war ich imstande, noch mehr wahrzunehmen.

Mir war, als würde ich diesen endlosen Platz umfassen. Wie lange dieser seltsame Zustand angedauert hat, weiß ich nicht zu sagen. Es war, als würde ich eine unermeßliche Größe in mir spüren. Auf dem Platz war etwas Unsichtbares aufgetaucht. Ja ... mit den Augen war nichts zu sehen, kein Licht, keine Wolke, nichts. Und dennoch, ich fühlte, daß etwas da war. Dieses Etwas wurde im gleichen Moment zu einem Licht, das an die Morgenröte erinnerte. Ein mattes Licht, welches im Rhythmus meines Herzens vibrierte. Das Licht des den Raum ausfüllenden Edelsteines ließ gleich einem unsichtbaren *Muezzin*[25] einen nicht aus Lauten und Worten bestehenden *Adhān*[26] erschallen:

„*Allāhu akbar, allāhu akbar*[27]. O du körperloses Geheimnis des Seins! Du bist bekannt und doch unbekannt. Du bist offenbar und doch unsichtbar.“ In diesem Moment waren Stunden, Jahre und Jahrhunderte wie ein Nu. Im Nu vergingen Millionen von Jahrhunderten ... Wieder ein Augenblick ... in mir stieg ein Gefühl der Müdigkeit auf. Wie wenn ich die Augen schlösse. Einen Moment lang sah ich nichts.

Als ich die Augen wieder öffnete, war mir, als sähe ich ein Universum von unendlicher Größe, welches dennoch so klein war, daß es auf meiner Handfläche Platz hatte.

Während dieser Schauung wurde meine Aufmerksamkeit besonders von einem Teil dieses Universums gefangengenommen. Dieser Teil war eine von Wasser umgebene Kugel. Als ich auf das Wasser blickte, wurde ich von einer unvorstellbaren Kraft dorthin gezogen. Kaum war ich in das lauwarme Wasser eingetaucht, sah ich Millionen von sonderbaren Lebewesen in meinem Körper vereint. Diese Lebewesen hatten weder Organe noch eigene Formen. Ich war bemüht, mich von der Verbindung mit diesen Millionen von Lebenwesen, die einem Gebäude mit Millionen Zimmern glichen, zu befreien, doch ohne Erfolg. Als Ergebnis dieses Millionen Jahre dauernden Bemühens begannen sich die Millionen Zimmern gleichenden Lebewesen zu verändern. Was mich bedrückte, war nicht die Tatsache, daß ich diese Lebewesen mit meinem Körper umgab, sondern, daß ich in ihnen gefangen war. Denn nicht nur, daß ich keinen Verstand und keine Vernunft hatte, ich war bar jeder Empfindung. Die Lebewesen, in denen ich gefangen war, begannen tausend verschiedene Formen anzunehmen. Und endlich, in einer Zeit von tausend Jahrhunderten, die mir wie ein Tag erschienen, begann jede Form eine andere Entwicklung einzuschlagen. Ich war es überdrüssig, im Wasser gefangen zu sein, diese sonderbaren Wahrnehmungen vor meinen Augen zu haben und die Taubheit meiner Ohren zu erfahren.

Diesmal sah ich nicht nur mich im Wasser, nein, ich war auch in den Körpern von Millionen Lebewesen auf dem Lande. Als ich fühlte, wie die reine Luft meine Lungen durchströmte, wurde ich von solcher Lust und Freude gepackt, daß ich in den Millionen Lebewesen, die meinem Sein entstammten, umhersprang und spielte.

Ein bekanntes und zugleich unbekanntes Gefühl der Liebe erschütterte mein Ich. Konnte ich auch alles Geschehene mit dem Verstand nicht erfassen und verstehen, fühlte ich doch das Sein dieser Lebewesen, und ich freute mich darüber, daß mir durch sie kein Schaden entstand. In jedem

Augenblick wurden Millionen meiner Leiber unbrauchbar, veränderten ihre Form und wurden zu Mineralien, und zugleich entstanden an ihrer Stelle wieder Millionen von neuen Körpern. Doch in diesem Kreislauf entstanden die Körper nicht wie früher, scheinbar ohne Grund, sie entstanden aus der Vereinigung zweier Körper, aus einer sonderbaren Lust im Augenblick der Liebe.

Ich hatte noch keinen eindeutig weiblichen oder männlichen Körper, jeder Körper trug die Merkmale beider Geschlechter in sich, er war Mutter und Vater zugleich.

In der Zeit der Schauung hatten sich die Leiber, in denen ich gefangen war, so sehr vermehrt und verändert, daß manche keine gemeinsamen Merkmale mehr hatten. Manche waren so klein und unterentwickelt, daß man sie nicht wahrnehmen konnte, andere flogen in der Luft, krochen auf dem Boden, waren groß und furchterregend, andere waren schön und klug. Manche dieser Körper neigten dazu, andere zu fressen, ein Teil war stark und andere schwach und hilflos. Die Welt war zu einem Kampfplatz geworden, und es war die Regel, miteinander zu wetteifern und sich zu überholen.

WIEVIEL ZEIT war vergangen, was war alles geschehen? Ich weiß es nicht. Eines Tages fühlte ich, in meinem Körper eingesperrt zu sein, und während ich aus einem Gefühl des Kummers und Leides heraus vor mich hinjammerte, war es, als würden alle Atome des Universums das von ihnen bisher gehütete Geheimnis in diesem Körper vereinen. Ein geistiger Hauch umspielte meinen farb- und formlosen Körper und hielt ihn fest.

Ich wandte mich dem Horizont zu, der sich nach Osten verschoben hatte und mein Gesicht ergrauen ließ. Mir war, als würde mich jedes Atom grüßen, von überall drang der Duft von Amber in meine Nase, und meine ganze Ichheit zitterte unter dem Einfluß eines Liebestraumes.

Ich verhielt mich so, als würde ich mich kennen, meine Umgebung wahrnehmen und das Wahrgenommene unterscheiden können. Ein Zustand der Trunkenheit, der Selbstvergessenheit erfaßte mich, und ich sagte mit der Zunge der Seele: „*El-hamdu lillāh.*“[28]

Eine Stimme, deren Besitzer nicht zu sehen war, verkündete dem Universum: „Nun ist die Sonne der Wahrnehmung über der Welt aufgegangen. Der Edelstein, welcher die Finsternis der Menschheit erhellt, das Licht Gottes. O ihr Engel, verbeugt euch vor dem Menschen.“

Das ganze Universum mit all seinen Lebewesen erbebte vor diesem achtungsgebietenden Befehl, und sie neigten ihre Häupter in den Staub zu Füßen des Menschen. Und jedes Atom sagte mit der Zunge des Bewußtseins: „Sei gegrüßt, du Wesen aller Dinge. Sei gegrüßt, der du mit allen Segnungen und Wohltaten Gottes begnadet bist. Du warst der Zweck des Universums, du! O du, *Zekā*[29], wir sind dein Spiegel, du bist der Kern, und wir sind die äußeren Zeichen deiner Größe. Du bist der Ort der Niederwerfung, und du bist der, den der Herr als Gebetsrichtung[30] bestimmt hat.“

*

* *

Ich öffnete die Augen ... Aynali Baba hatte seine tränenerfüllten Augen auf mich gerichtet. Und gleich einem Kind, das sich beim Erwachen an seinen Traum erinnert, sagte ich: „Alle haben sich vor mir niedergeworfen.“

Aynali Baba erwiderte: „Ja alle, außer der Eigenschaft der Überheblichkeit in dir, dem Satan.“

Der vierte Tag: Die Tomatenwesen Vom Abenteuer der Wissenschaft

O Allah, der Du über allen Dingen stehst, wir haben Dich nicht erkannt in der Art, in der es Dir angemessen wäre, und wir bezeugen, daß Du über allen fehlerhaften Eigenschaften stehst.
SAYYID[31]

Wie an den vergangenen Tagen ging ich auch diesmal wieder zu dem verehrungswürdigen Aynali Baba und bekam meine „Nahrung".

Er führte mich zu einer geschützten und von der Straße weit entfernten Stelle des Friedhofs, wies auf einen mächtigen Grabstein und sprach: „Geh zu diesem Grab und lege dich darauf. Dem großen Turban nach zu urteilen muß dort ein zu Lebzeiten großer Gelehrter begraben sein", und lachend: „Geh und bitte die Seele dieses großen Verstorbenen um ihren Segen."

Ich ging hin und legte mich auf das Grab. Nach einigen Minuten begann der Turban auf dem Grabstein in meiner Vorstellung verschiedene Formen anzunehmen. Zart und einschmeichelnd klang die Melodie der Ney, und ich geriet wieder in einen Zustand der inneren Schauung und Wahrnehmung: Ich sah mich in einem Bett liegen, das Zimmer war in undurchdringliche Dunkelheit getaucht, und diese Dunkelheit hatte einen negativen Einfluß auf meine Nerven, ich wurde ärgerlich und versuchte festzustellen, wo ich mich befand.

Da wurde die Zimmertür geöffnet. Ein Mann trat ein und sagte: „Bist du schon aufgestanden, mein Sohn?"

In der Dunkelheit konnte ich den Mann nicht sehen, aber ein inneres Gefühl sagte mir, daß er mein Vater war. Da mein Vater schon vor langer Zeit verstorben war, befremdete mich die Anrede „mein Sohn".

Er wiederholte seine Frage: „Mein Sohn, bist du schon aufgestanden?"

„Ja, ich bin schon auf", erwiderte ich, „aber bist du mein Vater?"

Er stieß einen Laut der Verwunderung aus und rief: „Mein Sohn, bist du wahnsinnig?"

Ich daraufhin: „Nein, aber mein Vater ist schon vor langer Zeit gestorben."

„O weh, o weh! Mein Sohn ist besessen, ein bösartiger Geist ist in ihn gefahren. Er redet wirres Zeug."

Sofort nahm ich mich zusammen, und weil ich Angst hatte, daß man auch hier, wie fast überall, einen Verrückten nicht gut behandeln würde, sagte ich, um meine Fehler wiedergutzumachen: „Keine Angst, Väterchen, ich habe nur Spaß gemacht. Nur einen Spaß. Aber ...", fuhr ich fort, „laß doch eine Lampe oder eine Kerze bringen, hier ist es dunkel wie in der Hölle."

Der arme Mann rief mit weinerlicher Stimme: „Um Gottes willen, wahrlich mein Sohn dreht durch. Die nie untergehende Sonne ist aufgegangen, die ganze Welt ist in Licht getaucht, und er spricht von Dunkelheit. Mein armes Kind. Mir wird so schwindlig."

Obwohl mir das Zimmer als dunkel erschien, behauptete mein Vater, es sei hell erleuchtet. Diesmal kam ich zu der Überzeugung, daß dieser Mann, der so tat, als wäre er mein Vater, verrückt sein müßte. So fragte ich, ohne den Kerl erzürnen zu wollen, um mir Klarheit zu verschaffen: „Väterchen, es mag sein, daß die Sonne schon aufgegangen ist, aber vielleicht sind die Fensterläden noch geschlossen, so daß das Licht nicht ins Zimmer dringen kann?"

„O Gott, o Gott, wahrlich unser Sohn ist wahnsinnig. Mein Sohn! Was kann bei uns das Sonnenlicht daran hindern einzudringen? Fenster und Türen sind weit geöffnet. Bist du verrückt, oder was ist mit dir los?"

Auf diese Antwort hin verstärkte sich in mir der Verdacht, in ein Irrenhaus geraten zu sein. Etwas später kam eine Frau ins Zimmer, die behauptete, meine Mutter zu sein, ein Onkel und viele andere Verwandte folgten ihr. Mein Vater sagte ihnen, daß mein Geist verwirrt sei und daß ich auf dem besten Weg sei, wahnsinnig zu werden. Sie versammelten sich an meinem Bett und bedrängten mich mit allerlei seltsamen und verrückten Fragen. Da ich dachte, daß alles, was ich sagen würde, zu meinem Nachteil wäre und den Eindruck des Irreseins nur noch verstärken konnte, zog ich es vor zu schweigen.

Mein „Vater" saß neben mir und weinte vor Kummer, ich war total durcheinander und wußte nicht, was ich sagen oder machen sollte. Nach einiger Zeit erinnerte ich mich daran, daß sich in meiner Tasche eine Schachtel mit Zündhölzern befinden müßte. Ich sah nach, und tatsächlich, sie waren noch da. Sofort entzündete ich ein Hölzchen, und was sah ich?

Die Szene war so umwerfend komisch, daß ich lauthals lachte. Ich bekam einen Lachanfall nach dem anderen und wälzte mich, den Bauch haltend, von einer Seite zur anderen. Mein „Vater", meine „Mutter" und alle „Verwandten" hatten anstelle der Augen Tomaten oder ähnliche Dinger. Diese bedauernswerten Wesen mußten das wichtigste der fünf Sinnesorgane, die Augen, entbehren, sie konnten nichts sehen.

Kaum daß ich anfing zu lachen, veränderte sich die Szene im Zimmer auf eine unerwartete Art und Weise, ich nahm an, daß meine Lachanfälle die Anwesenden stören, ja sogar erzürnen würden. Aber alle begannen auf allen Vieren umherzuhüpfen und zu springen.

Nach einer Weile beruhigten sie sich wieder, mein Stiefvater kam zu mir, nahm meine Hände, küßte den Handrücken und sprach: „O du gelber Satan des weißen *Ifrits*[32]!

Das *Sultanat*[33] sei dir zum Segen. Die ganze Welt erwartet dich seit einem Jahr. Nun endlich bist du als ein großes Wunder scheinbar aus meiner Sippe hervorgegangen. Du hast den Laut ausgestoßen, auf den ich seit tausend Jahren warte. Jetzt werde ich alle roten Teufel benachrichtigen, damit sie kommen und dir die Hand küssen und die frohe Kunde weiterverbreiten."

Nachdem ich mir mit Olivenöl, das ich im Zimmer fand, eine Lampe gebastelt hatte, bekam ich Lust, etwas zu essen. Zur gleichen Zeit trafen der Sultan, die Wesire und Gelehrten dieses Landes in unserem Haus ein. Alle sprachen mich mit „Ehrwürdiger gelber Satan des weißen Ifrit" an. Ein merkwürdiger Name, den ich bekam, und sie erwiesen mir außerordentliche Achtung und Ehre. Ausrufer zogen durch die Straßen und Gassen, um dem Volk die Ankunft des gelben Satans zu verkünden. Und Hunderte von Dienern wurden mir zu Diensten unterstellt. Allmählich begann ich dieses sonderbare Volk kennenzulernen. Sie waren nicht grundsätzlich blind, sie konnten nur die Licht genannten Schwingungen nicht wahrnehmen, befanden sich sozusagen in einer immerwährenden Dunkelheit und konnten dennoch auf eine sonderbare Weise Wahrnehmungen machen. Ihre Städte waren vortrefflich geschmückt und mit allerlei erstaunlichen Kunstwerken verziert. Sie legten sehr viel Wert auf die Wissenschaften, ihre Ergebnisse in der Literatur, Theologie und der Philosophie waren überwältigend. Sie hatten eine Anzahl Fakultäten mit ausgezeichneten Rechtswissenschaftlern, anderen Gelehrten, Dozenten und Professoren.

Eines Tages nahm ich an einer Abschlußprüfung der Theologischen Fakultät teil. Meine Anwesenheit verwirrte die Studenten und Dozenten. Der Direktor der Fakultät bemerkte in seiner Ansprache, daß die wahre Wissenschaft, Weisheit und Erkenntnis nur bei dem gelben Satan zu finden sei und daß man ihn bitten würde, das bisher bekannte und gesammelte Wissen zu untersuchen und zu beurteilen.

Daraufhin bat er mich, mit der Prüfung beginnen zu dürfen, und so geschah es.

Der erste Prüfling war ein Student namens Bibi, der wegen seiner Intelligenz bekannt war. Verschiedene Fragen wurden gestellt. Über die Erschaffung der Welt machte er folgende Aussagen: „Vor langer Zeit, nach der Auffassung des Gelehrten Tantan war es vor fünfzehntausend Jahren, wohnte der weiße Ifrit im goldenen Himmel mit den dunkelblauen Teufeln ..."

An dieser Stelle erscholl aus den Reihen der Zuschauer eine Stimme des Widerspruchs und der Kritik, jemand sagte: „Seit dreitausend Jahren nun hält sich dieser Aberglaube, die Teufel an der Seite des weißen Ifrits waren unmöglich dunkelblau, sie waren hellblau!"

Der Fakultätsdirektor sagte darauf: „Mein Herr, wir halten hier eine Prüfung der Studenten ab, hier ist weder die Zeit noch der Ort für irgendwelche Kritik oder irgendeinen Widerspruch. Zu einem günstigen Zeitpunkt magst du in Gegenwart des gelben Satans von unseren Gelehrten geprüft werden."

In diesem Volk gab es eine Gruppe, deren Gedanken und Ideen im Widerspruch zur allgemeingültigen Meinung standen, und immer, wenn sie versuchten, ihre neuen Ideen zu verbreiten, wurden sie von der Regierungsgewalt verfolgt und unterdrückt. Der Gelehrte Tantan gehörte zu ihnen, und nur weil er von der Anwesenheit des gelben Satans in der Fakultät wußte, hatte er den Mut gefunden, zu kommen und seinen Widerspruch vorzubringen.

Der Prüfling setzte seine Ausführungen fort: „Waren die dunkelblauen Teufel dem weißen Ifrit auch absolut gehorsam, geschahen doch die dümmsten Dinge. So beschloß der weiße Ifrit, mehr oder weniger intelligente Wesen zu erschaffen. Aus dem Kehricht des Himmels erschuf er einen großen achteckigen Platz, dann spie er in den leeren Raum, und es entstand ein Meer, in die Mitte des Meeres setzte er den achteckigen Platz, und dies ist unsere Erde.

Doch das Wasser des Meeres gefror, und die Welt wurde mit einer dicken Eisschicht bedeckt. So fertigte er einen großen Kessel, hängte ihn über der Welt auf und füllte ihn mit Speichel, den er durch seinen Atem zum Sieden brachte. So erwärmte sich die Welt wieder. Dann nahm er zwei der dunkelblauen Teufel, schnitzte aus ihnen zwei kleine Figuren, höhlte sie aus und blies hinein. Dann setzte er sie auf den Platz, und dies waren unsere Ahnen."

Wieder erhob derselbe Gelehrte Einspruch und sagte: „Kessel, was heißt hier Kessel? Hier gibt es wohl eine Kessel-Partei?! Aber das Wesentliche ist die Frage: Wieviele Henkel hat er? Mit wievielen Henkeln ist er wo aufgehängt? Das solltet ihr wissen, niemand ist unter euch, der dieses Geheimnis gelöst hat. O ihr ungebildeten Narren!"

Nun begannen sie sich gegenseitig niederzubrüllen, und es entstand ein heilloser Tumult. Auf Anordnung des Sultans wurde die Prüfung abgebrochen und auf einen späteren Zeitpunkt verschoben. Es wurde vereinbart, daß die Gelehrten in einer Woche sich vor mir versammeln, ihr Wissen und ihre Kenntnisse darlegen und ich beurteilen sollte, wer von ihnen recht hat. Die Versammlung löste sich auf.

Eine Woche später wurde auf dem größten Platz der Stadt eine große Versammlung abgehalten. Große Schüsseln ließ ich mit Olivenöl füllen und als Lampen am Rande des Platzes aufstellen. Die Gelehrten hatten sich in zwei Gruppen aufgespalten, die eine unter Tantans Führung, sie wollten die Religion reformieren und stellten die Kritiker dar. Die andere Gruppe, unter Führung des Gelehrten Tonton, waren die das System verteidigenden Rechtsgelehrten.

Nun traten Tantan und Tonton in meine Gegenwart und begannen ihren Disput.

Tonton sagte: „O Tantan, es ist nicht richtig, wenn du dich dem Wissen und den Erkenntnissen einer tausendjährigen Forschung mit all ihren Mühen entgegenstellst. Das ist unnötig und unsachlich, und es dient nicht der Festigung jener unumstoßlichen Weisheiten und Erkenntnisse, die alle in ihrem Wesen als absolut und bewiesen gelten. Es ist jetzt nicht die Zeit für Scharlatanerie, diese ist endgültig vorbei. Aber laß uns beginnen! Bringe nun deine Kritik und deine Widersprüche gegen unsere Lehrmeinungen hervor."

Tantan antwortete: „O Tonton! Es ist nicht so, daß ich euch in allen Punkten widerspreche. Aber ihr seid die Feinde allen Fortschritts, ihr betreibt keine Forschung und erweitert nicht das überlieferte Wissen. Zum Beispiel: Ihr sagt, daß die Teufel an der Seite des weißen Ifrit dunkelblau sind."

„Ja, so wurde es uns überliefert!"

„Ja, aber das ist falsch. Denn selbst wenn die Farbe der Teufel in der Gegenwart des weißen Ifrit dunkelblau war, ist es nicht so, daß sich die Farbe durch das helle Licht, das vom weißen Ifrit ausgeht, im Laufe der Zeit aufhellte und sie nunmehr hellblau sind! O Tonton, sei gerecht!"

„Es kann sein, aber für diese Theorie gibt es keine Beweise."

„Was heißt, keine Beweise? Wenn du einen festen Körper vor ein Feuer stellst, so wird er im Laufe der Zeit weich, ja manche schmelzen sogar. Das heißt also, daß die dunkelblauen Teufel jetzt hellblau sind."

„Ja, ich sagte dir ja, es kann sein."

„Glaubst du daran, daß durch den am Himmelsgewölbe hängenden Kessel die Wärme auf unsere Erde kommt?"

„Das ist durch den Wandel von Tag und Nacht und durch die Jahreszeiten bewiesen!"

„Das ist gut und richtig, aber, wieviele Henkel hat er?"

Auf diese wesentliche Frage wußte Tonton keine Antwort. Schadenfroh sagte Tantan: „Aha, du schweigst also! Siehst du, dieses euch unbekannte Geheimnis habe ich ergründet und so eine für alle von fundamentaler Bedeutung seiende Erkenntnis gewonnen. Der besagte Kessel hat genau siebenhundertachtundsiebzigeinhalb Henkel!"

Meine Geduld war erschöpft, ich konnte mich nicht mehr beherrschen und mußte über soviel Einfalt und Narretei lauthals lachen. Die Sonne ein Kessel, der durch den Atem eines Ifrits erhitzt wurde, und das Geschwätz über die Henkel, ein Geheimnis. Nein, es war zuviel. Doch mein Lachen hatte verheerende Folgen. Denn es war für die Leute dieser Welt wie eine göttliche Botschaft, auf die sie tausend Jahre gewartet hatten. So wurde es als Zustimmung für die Behauptungen des Gelehrten Tantan gewertet, und er bekam recht.

Nun wurde sein Wissen zum absoluten und wahren Wissen erhoben. Doch kaum hatten die Umstehenden mein Lachen vernommen, begannen sie, Tantan voran, auf allen Vieren umherzuhüpfen und zu springen, die ihnen eigene Art des Gottesdienstes.

*

* *

Lachend erwachte ich und sah ... das lächelnde Gesicht von Aynali Baba.

„Was hältst du von der Ähnlichkeit der erwachsenen Menschen und der Frische in den Gedanken und Äußerungen dieser Gelehrten? Gemessen am wahren Wesen des Seins und der Wahrheit ist das Wissen der Menschen unserer Zeit dem Wissen und der Erkenntnis des Gelehrten Tantan ähnlich: nur aufgeblasenes Geschwätz, und es wird bis ans Ende aller Zeiten so sein. Denn das Auge des Menschen und was er damit wahrnimmt, hat nicht mehr Wert und Bedeutung als eine Tomate“, sagte er.

Der fünfte Tag:
Der Vogel Anka – Eine Reise durch das All

Allah – es gibt keinen Gott
außer Ihm, dem Lebendigen, dem
aus sich selbst Seienden und
Allerhaltenden. Schlummer ergreift
Ihn nicht noch Schlaf.
Sein ist, was in den Himmeln und
was auf Erden ist.
SURE 2:256

Heute war der Himmel etwas bewölkt und das Wetter kühl, aber dennoch angenehm. Aynali hatte von irgend jemandem eine Schüssel mit Grieß-*Halwa*[34] bekommen. Ich war schon recht früh zu ihm gekommen, und nun lag ich lang ausgestreckt vor der Hütte. Wie an den vergangenen Tagen geriet ich auch heute in einen sonderbaren Zustand der inneren Schauung.

Ich sah mich als Muezzin der Hagia Sofia Moschee. Ich schaute auf meine Taschenuhr und stellte fest, daß die Zeit für den Morgen-Adhān gekommen war. Ich bestieg also das Minarett, doch schon nach dem ersten „*Allāhu akbar*" näherte sich ein großer Vogel dem Balkon, auf dem ich stand. Kaum hatte er mich erreicht, packte er zu mit seinen Klauen, beförderte mich auf seinen Rücken und flog hoch in den Himmel.

Nachdem sich der Schreck etwas gelegt hatte, wagte ich mich umzuschauen: Die goldenen Strahlen der Sonne begannen gerade das Land in Licht zu tauchen. Ich blickte nach unten und erschrak aufs neue, wir waren schon so hoch, daß ich die Spitze des Minaretts nur noch mit Mühe erkennen konnte.

Der Rücken des Vogels war so groß und eben wie ein geräumiges Zimmer, und alles, was der Mensch an Lebensnotwendigem benötigt, war in Regalen und schrankähnlichen Behältnissen untergebracht.

Erstaunt rief ich aus: „O Gott, was ist das hier? Was ist das für ein Vogel, und wohin bringt er mich?"

Der Vogel, er hatte meinen Ausruf gehört, wandte mir den Kopf zu und sprach:

„Ich bin der bekannte Vogel *Anka*[35]. Habe keine Angst, dir wird kein Leid widerfahren. Ich bin der König meiner Art. Hinter mir kommen noch etwa fünfzig Vögel mit allem Lebensnotwendigen, du wirst nichts entbehren müssen."

Hoffnungslosigkeit in der Stimme, sagte ich: „Gut! Aber wohin bringst du mich? Warum hast du mich entführt?"

„Ich tat jemandem einen Gefallen. Er hat mich beauftragt, dir die Ebenen des Universums zu zeigen."

Es half nichts, ich mußte mich erst einmal meinem Schicksal fügen. Der Rücken des Vogels war weich, und angenehme Wärme umgab mich, so war also kein Grund zur Furcht da. Ich schlief ein wenig. Als ich erwachte, verspürte ich ein Hungergefühl. Ich griff in einen der nebenstehenden Lebensmittelschränke und aß einige der ausgezeichneten englischen Kekse. Dann trank ich etwas Wasser und steckte mir eine Zigarette an. Ich bekam Appetit auf Kaffee, und da der Vogel Gedanken lesen konnte, wandte er den Kopf und sprach: „In einem der Schränke findest du Kaffee, Tee und alles andere. Auch ein kleiner Spirituskocher ist da. Du kannst dir den Kaffee zubereiten." Ich war mehr als erstaunt, bereitete und trank meinen Kaffee.

Wir erhöhten die Geschwindigkeit. Anka sagte: „Im letzten Schrank wirst du eine große Flasche finden, trink ein Gläschen davon und bestreiche deine Augen mit dem Inhalt der kleinen Flasche daneben. Denn wir werden bald die Atmosphäre verlassen."

Ich tat, wie mir geheißen war. Der Himmel wurde dunkelblau, dann violett, und dann umgab uns die Schwärze des Weltraums. Durch die geheimnisvollen Flüssigkeiten aus den Flaschen war ich in der Lage, auch im Weltraum zu überleben, ich spürte eine besondere Kraft durch meinen Körper pulsieren, die dessen Funktionen aufrecht erhielt. Klar konnte ich, trotz meiner ungeschützten Augen, die Umgebung erkennen. Wie Diamanten funkelten unzählige Gestirne in der Weite des Raumes. Eine unwirkliche Stille umgab mich, dann vernahm ich, wie auch immer, eigenartige Klänge, Sphärenklänge?

Die ewige Symphonie des Universums; zart und unwirklich, ja verträumt – dann donnernde Akkorde, abgelöst von einer neuen Melodie, allegro andante, ein Schleier, gewoben aus den zarten Lauten des ewigen Kreislaufs im All.

Wie aus einem Traum schreckte ich auf und sah wieder meine Umgebung. Doch ... was war das? Ich glaubte zu träumen. Vor mir lag eine gewaltige Straße aus Gesteinsbrocken, wie gepflastert schien sie, ihr Ende war nicht zu erkennen.

Ich hätte nie gedacht, hier so etwas anzutreffen. Ich wollte Anka meine Verwunderung mitteilen, der Gedanke genügte, und ich vernahm die lautlose Stimme des Vogels in meinem Kopf. Anka lachte. Da hob er seine Klaue, und wie von einem Magneten angezogen flog ein Stein zu ihr. Er gab mir den Stein mit den Worten: „Ich gebe dir die Kraft, ihn zu verstehen, unterhalte dich mit diesem Stein."

Ich zündete mir eine Zigarette an, legte den Stein vor mich und fragte: „O du Stein, wer bist du? Woher bist du gekommen, und wohin gehst du?

Unter Seufzern und Stöhnen begann der Stein mit trauriger Stimme zu erzählen: „O Mensch, du hast eine alte Wunde aufgerissen und das Tor des Kummers geöffnet. Ach ... ach ... Was ich bin? Was nur? Was ich war? Ich weiß es nicht. Oder? Ich kann mich an eine Zeit erinnern, da ich Teil eines großen Planeten unter den unzähligen dieses großen Universums war. Zwanzig oder dreißig meiner Moleküle gehörten seiner Zeit zu den Körpern von Gelehrten und Königen dieser ‚Erde'. Ich selbst war, wie viele meiner Artgenossen, mit meinem Platz in diesem Gestirn zufrieden und glücklich. Doch eines Tages erbebte der Planet, wurde von Urgewalten erschüttert, Wellen der Vernichtung rasten über die Oberfläche, ohrenbetäubender Lärm brach über sie her, und der Höhepunkt dieses Infernos war eine gewaltige, alles Leben auslöschende Feuerwand. Bisher nie dagewesene Kräfte zerrten an den Schwingungsmustern der Materie. Der Planet ächzte in seinen Fugen, er kämpfte um sein Überleben, bäumte sich auf, und noch einmal schlugen die Gewalten zu. Ein letzter Kampf, und mit einem das Universum erschütternden Donnerschlag wurde sein Leib in unzählige Stücke zerrissen. Er war zum Sterben verurteilt gewesen.

Die Wesen, denen er Heimat und Lebenserhalter gewesen war, hatten in ihrem Wahn und mit ihrer alles Leben und die göttlichen Gesetze der Natur mißachtenden Wissenschaft seine und aller Lebewesen Existenz vernichtet.

Ich wurde mit unzähligen meiner Gefährten in die Tiefe des Alls geschleudert und mußte einem unsichtbaren Weg in eine unbekannte Richtung folgen.

Dann kreiste ich für Millionen von Jahren um einen anderen Körper. Ich bildete mit meinen Kameraden einen großen, breiten Gürtel. Dann, eines Tages, wurden wir, ich weiß nicht warum, aus unserer Laufbahn gerissen und wieder ins endlose Weltall gestürzt.

Dann kamen wir an einen sonderbaren Ort, es war, als befänden wir uns an der Grenze zwischen zwei Galaxien. Ruhe ... Doch wieder schlug die Peitsche des Kummers zu und trieb uns weiter. Wieder wurden wir von einer Lichtquelle eingefangen, Sklaven einer anderen Sonne. Wir wurden zum Spiegel ihres Lichts und zogen unsere Bahn in der Zeitlosigkeit des Alls. Millionen Jahre, Sekunden auf der Uhr des Universums, vergingen.

Eines Tages suchte uns erneut das Unglück heim. Plötzlich tauchte vor uns eine Nebelwand auf, einige von uns wurden von ihr verschluckt und vergingen unter lautem Klagen. Furcht erfüllte mich und meine Kameraden, immer hatten wir Angst, eines Tages vernichtet zu werden.

Aber was kommt danach? Werden wir vernichtet und dann Ruhe haben, oder werden wir nur wiedergeboren, eine andere Form annehmen und so wieder in der endlosen Ebene des Universums umherziehen?“

Weit schleuderte ich den Stein von mir. Der Vogel hatte meine Gedanken erfaßt und sagte: „Ja, dieser Stein ist der Überrest eines großen Planeten. Lange flog er durch das Universum, diente verschiedenen Planeten und Kometen und zieht nun seine feste Bahn um die Sonne, und würde er irgendwann in die Atmosphäre eines Planeten eintauchen, so müßte er funkensprühend vergehen.“

Ich versank in tiefes Nachdenken, und irgendwann schlief ich vor Müdigkeit ein.

Als ich wieder erwachte, bemerkte ich feuchte Luft in meinen Lungen. Wir befanden uns auf einem hohen Hügel. Die Landschaft um uns herum sah recht sonderbar aus. Ein grenzenloser Ozean umgab diese Welt, die Wasserfläche wurde von zahllosen Inselchen unterbrochen, welche etwa zwei Meter voneinander entfernt waren. Aus der Vogelperspektive sah es wie ein riesiges Feld aus Blumentöpfen aus, ein einmaliger Anblick. Zwischen den Pflanzen, Blumen und Bäumen halbverborgen standen auf den kleinen Inseln ungewöhnliche Häuser aus buntem Marmor. Wieder erkannte Anka meine Gedanken und bemerkte: „Wir befinden uns auf einem Planeten.“

Verwundert brachte ich hervor: „Wie sehr er unserer Welt gleicht!“

„Ja“, sagte der Vogel, „er ist ähnlich, aber vollkommener, denn er ist viel älter.“

Ich fragte: „Aber gibt es hier nicht, wie bei uns, große Erdteile? Oder gibt es nur diesen großen Ozean? Ich sehe nichts weiter außer Tausenden von Inseln.“

„Das, was du hier siehst, ist nicht der eigentliche Ozean des Saramas", sagte Anka. „Jetzt ist die Regenzeit und die Zeit der Überschwemmungen. Die Häuser stehen auf den Kuppen der Berge und Hügel. Wenn das Wasser zurückgeht, trennen sich die eigentliche Landfläche und der Ozean. Aber, da die Flüsse oft über ihre Ufer treten und die Regenzeit regelmäßig ist, findest du unterhalb der Kuppen kein Leben. Aus diesem Grund gibt es keine unnützen oder wilden Tiere. Die ‚Menschen' dieses Planeten haben, als das Land immer wieder überschwemmt wurde, die gefährlichen und wilden Tiere ausgerottet. Nur wenige nützlichen Tiere wurden am Leben gelassen. Die vermehrten sie durch Aufzucht und schufen neue Rassen. So wurde alles bis zur Vollkommenheit vollendet. Auf diesem Planeten gibt es keine großen Städte und so etwas wie Regierungen oder dergleichen, wie es auf der Erde notwendig zu sein scheint. Hier sind sie gänzlich unbekannt. Nimm dieses Fernrohr und betrachte die ‚Menschen'. Wir werden bald weiterreisen", antwortete er.

Ich richtete das Fernrohr auf eines der Marmorhäuser, und mit Erstaunen sah ich Wesen, die uns Erdenmenschen ähnlich waren. So sehr, daß sie sich nur durch mehr Extremitäten unterschieden. Ich teilte Anka meine Beobachtung mit.

„Warum bist du erstaunt, die menschliche Form ist die beste. Siehst du nicht, daß die Teile des Universums alle einem bestimmten Muster folgen? Obwohl unzählig verschiedene Formen vorhanden sind, bauen sie alle auf einer Grundform auf, ihre Strukturen beinhalten alle diese Grundstruktur. Die geometrischen Figuren, die dem Verstand des Menschen entstammen, haben doch alle einen Bezug zu den Formen und Gesetzen, nach denen das Universum erschaffen wurde, und dies, weil sich im Menschen der gesamte Kosmos widerspiegelt. Einer ist der Spiegel des anderen."

Dann flogen wir wieder in die unendliche Weite der Ebene des Universums hinaus. Wir passierten hundert, Tausende verschiedener Planeten, unzählige Kometen zogen an uns vorbei, und immer wieder begegneten wir Himmelsstraßen aus den Überresten irgendwelcher Gestirne.

Eines Tages landeten wir auf einem noch warmen Planeten. Eine eigenartige Flora herrschte hier vor, und die Landschaft wurde von Bergen bestimmt, gegen die der Himalaya wie ein kleines Hügelchen zu sein schien.

„Wir sind auf dem Planeten Jeturpi“, sagte Anka. Die Lebewesen auf Jeturpi ähnelten in ihrer Art den Lebewesen auf der Erde in der Kreidezeit, aber die hiesigen Tiere waren noch größer. Wir blieben nicht länger und flogen weiter.

Danach kamen wir an verschiedenen Sonnensystemen vorbei. Manche hatten nur ein, andere zwei Zentralgestirne. Unzählige Welten besuchten wir, und wie unterschiedlich sie in ihrer Fauna und Flora auch waren, folgten sie in ihrem Aufbau doch einem universellen Schema.

Langsam wurde ich der ganzen Sache überdrüssig und langweilte mich. Ich sagte zu Anka: „Seit ungefähr einem Jahr reisen wir durch das Universum, haben wir nicht bald das Ende unserer Galaxie erreicht?“

Lachend erwiderte Anka: „O du Narr, wir haben noch nicht einmal den euerer Wissenschaft bekannten Teil des Universums durchflogen. Würden wir mit größter Geschwindigkeit tausend Jahre unterwegs sein, würden wir nur einen Teil der Galaxie bereist haben.“

Verwirrt sagte ich: „O Gott, o Gott! Was ist das alles? Wer kann das alles begreifen und verstehen? Was ist diese den Verstand und das Auffassungsvermögen übersteigende Weite und Größe?“

„Es ist der Berg *Kāf*, als ein Zeichen der Größe und Herrlichkeit Gottes!“ sagte Anka.

Ich verfiel in tiefes Schweigen, Tage, Wochen vergingen. Da, eines Tages sagte Anka: „Im dritten Schrank findest du eine kleine grüne Flasche, trink etwas daraus und nimm deine ganze Kraft und deinen ganzen Mut zusammen. Habe keine Furcht, denn bald wirst du sehen, was nie zuvor eines

Menschen Auge erblickt hat. Siehst du die Sonne vor uns, sie wird immer größer, wir fliegen ihr entgegen, da sie unser Ziel ist. Diese Sonne ist tausendmal größer als die euere. Bald wirst du sie aus der Nähe betrachten."

Wir erhöhten unsere Geschwindigkeit. Ich nahm das Fläschchen und trank von seinem Inhalt.

Immer mehr näherten wir uns der Sonne, Furcht ergriff mich und ließ mich erzittern. Wie gebannt starrte ich auf den riesigen Glutball. Wir kamen ihm immer näher, allmählich füllte er den ganzen Horizont aus. Vor uns wuchs ein unbeschreibliches Meer aus Feuer, und dabei waren wir noch so weit entfernt ...

Immer wieder wurde glühendes Magma kilometerweit in den Raum hinausgeschleudert, Eruption folgte auf Eruption, riesige Gebirge wurden aufgeworfen und fielen genauso schnell wieder zusammen, Feuerzungen fraßen sich in die Schwärze des Alls. Ein die Sinne verwirrendes Schauspiel. Anka sagte:

„Die Eruptionen, welche im Inneren der Sonne stattfinden, haben ein solches Ausmaß und solche Stärke, daß du erst annähernd eine Vorstellung davon hättest, wenn du den Gewitterdonner auf deiner Erde millionenfach verstärken würdest."

Ich konnte mich nicht mehr beherrschen und bat den Vogel, doch umzukehren. Es schien mir, als würden die Feuerzungen, die sich von dem Glutball lösten, uns bald erreichen und verschlingen. Er hörte nicht auf mich, immer näher kamen wir der Sonne.

Da wandelte sich plötzlich das Bild, mir schien, als würde die Sonne erbeben, immer wilder schlugen die Wellen aus Glut und Feuer ins All. Da plötzlich platzte der Himmelskörper auf, und ein erdengroßes Loch entstand, aus diesem Loch lösten sich Tausende riesiger kilometerlanger Schlangen. Dieser Anblick war zuviel für mich, und mit einem Aufschrei fiel ich vor Angst und Schrecken in Ohnmacht.

*
* *

Als ich die Augen wieder öffnete, fand ich mich neben einem Grab mit großem Turban wieder, davon war ich heruntergefallen.

Aynali Baba bereitete gerade den Kaffee zu. Ich ging zu ihm hin. Er blickte mich mit ernstem Gesicht an und sagte: „Wenn alles einen Ursprung hat, so sind der Floh und der Elefant eins, der Unterschied liegt nur in der sichtbaren Form. Deswegen fliegen die Menschen, die Gott kennen, nicht unnütz, gleich einem Vogel, in der Ebene des Universums umher. Das ist unnütz und sinnlos.

Diese den menschlichen Verstand verwirrende Größe, dieses endlose Meer, füllt noch nicht einmal den kleinsten Raum der Größe Gottes. Aber lassen wir das, trinke deinen Kaffee."

Voller Freude und Ehrfurcht ergriff ich die Hand Aynali Babas und küßte sie tief bewegt von der inneren Größe dieses Menschen.

„O Einheit. Du endloses Meer. Du bist die dieses Meer bewegenden Wellen, und du bist in der Vielzahl dieser Wellen zu erkennen. Hast du dir auch Hunderte, ja Tausende verschiedener Namen gegeben, so bist Du nur Einer. Du bist das Himmelsgewölbe, die Sphären, die Seelen, die Körper aller Wesen. Was immer es auch gibt, sichtbar oder unsichtbar, alles ist ein Spiegel Deiner Größe und Erhabenheit! Du bist alles, was das menschliche Auge bei seiner Betrachtung wahrnimmt: Das Firmament, die Licht und Leben spendende Sonne, die sieben Himmel und auf der Erde alles, was da lebt, bist Du! Du bist die Tulpe, die Narzisse, die Rosen und ihre Dornen, im Herzen des wilden Löwen, in der Stimme der Nachtigall und der Zartheit der Knospen. Du bist im Blütenduft der Rose, im kleinsten Käfer und der größten Kreatur. In all meinen Gefühlen, meinem Herzen, meinem Verstand und meinem Gewissen bist Du. Du bist in mir im Zustand der Verzückung, in meiner Trauer und Freude. Und Du bist in meiner Seele, wenn sie vor Sehnsucht nach Dir klagt und im Liebesfeuer brennt!"

Der sechste Tag: Der schöne Drache

Eine Offenbarung von Ihm,
der die Erde und die
hohen Himmel schuf.
SURE 20:5

Ich war der achtzehnjährige Sohn eines indischen Königs. Eines Tages erhob sich in der Stadt ein unbeschreiblicher Lärm, und das ganze Volk wurde von großer Erregung ergriffen. Auch im Palast herrschte helle Aufruhr.

Ich ging zu dem bekanntesten unserer Philosophen, Lalama, der mit uns im Palast wohnte, um ihn nach dem Grund der allgemeinen Aufregung zu fragen.

Er erklärte mir: „Mein Prinz! Seit langer Zeit wird unser Land von einem Drachen heimgesucht. Dieser Drache hat sieben Köpfe, siebzig Beine, seine Haut ist fester als der stärkste Panzer, und keine Waffe kann ihn durchdringen. Er speit Feuer und versteht und spricht jede Sprache. Siehst du nun, was er für ein fürchterlicher Dämon ist? Alle sieben Jahre kommt er zu uns und fragt: „Wohin reist diese Karawane?“ Doch niemand versteht diese Frage. Welche Karawane ist gemeint? Niemand kennt sie, weiß, woher sie kommt, und keiner hat sie je gesehen. Diese Frage wiederholt er siebenmal, wenn er dann keine Antwort erhält, so verlangt er sieben Männer und sieben Frauen als Opfer. Alle müssen zwanzig Jahre alt sein, und er verschlingt sie auf der Stelle. Danach verabschiedet er sich mit den Worten: „In sieben Jahren komme ich wieder. Die Antwort könnt ihr von dem Vogel Anka, der auf dem Berg Kāf wohnt, erfahren.“

Nun sind die sieben Jahre wieder und, und heute wird der Drache kommen. Wir müssen nun die sieben Männer und Frauen, welche der Dämon bekommt, durch das Los bestimmen."

Verwundert hatte ich der Geschichte zugehört und bat ihn dann, mir etwas mehr zu erzählen und zu erklären.

„Lalama", sagte ich, „wo ist der Berg Kāf? Wer ist Anka?"

Lalama antwortete: „Mein Prinz, über den Berg Kāf gibt es keine Überlieferung, und ich bin noch niemandem begegnet, der ihn gesehen hätte. Einige sagen, daß der Berg Kāf die Welt umgibt und wie ein Smaragd funkelt, andere wiederum behaupten, daß er in der Mitte der Welt steht und so hoch ist, daß er bis in die Wolken ragt. Aber wer hat ihn bisher gesehen? Wo befindet er sich genau? Das ist ungewiß. Einige Gelehrte bestreiten wiederum die Existenz dieses Berges und sagen, daß es einen solchen Berg auf unserer Erde nicht gibt. Mit Anka verhält es sich genauso. Er soll auf dem Berg Kāf seinen Horst haben. Aber er ist kein gewöhnlicher Vogel. Seit Urzeiten soll er schon leben, unsterblich, weise und gelehrt soll er sein. Er weiß Dinge, die noch keines Menschen Ohr vernommen hat. Aber, wer hat ihn gesehen, wer kennt ihn genau?"

An diesem Tag kam der Drache. Sieben Tage lang wiederholte er seine Frage, niemand konnte sie beantworten, und so verlangte er nach seinen Opfern, die er auch bekam.

Nachdem er fortgezogen war, fiel die ganze Stadt in tiefe Trauer, auch ich wurde von dieser Trauer erfaßt.

Nächtelang konnte ich nicht schlafen, immer wieder mußte ich an den Berg Kāf und den Vogel Anka denken. Endlich faßte ich einen Entschluß.

Ich ging zu meinem Vater und teilte ihm mit, daß ich unser Land von dem Drachen erlösen wollte. Ich hatte vor, den Berg Kāf und den Vogel Anka zu finden und von ihm die Antwort auf die Frage des Dämons zu erhalten.

Mein Vater war ein sehr weiser und gelehrter Herrscher, und obwohl er wußte, daß ich bei diesem Unternehmen umkommen konnte, widersprach er nicht.

„Mein Sohn“, sagte er, „dem Volke zu dienen und zu kämpfen und dabei sein Leben zu lassen, ist des Königs und seiner Söhne würdig. Auf, bereite dich vor. Ich werde mir noch einige Gedanken machen.

Nachdem das Volk von meinem Vorhaben erfahren hatte, kamen viele in den Palast, um mir ihre Glückwünsche auszusprechen, viele Gebete wurden für den erfolgreichen Ausgang meines Unternehmens gesprochen.

Alle Gelehrten, die einen Namen auf ihrem Gebiet hatten, wurden von meinem Vater in den Palast geladen. Mein Vater trug ihnen meine Absicht vor und fragte sie nach ihrer Meinung. Viele Ansichten wurden laut, viele Streitgespräche wurden geführt.

Schließlich sagte ein alter und ernster Philosoph zu meinem Vater: „Mein Gebieter, eine solche Reise kann nicht mit einem großen Gefolge angetreten werden, eine solche Reise kann nur von einer oder zwei Personen unternommen werden. Sie wird lange Zeit in Anspruch nehmen, durch fremde Länder führen. Vielleicht werden sie vielen unbekannten Gefahren gegenüberstehen. Für die Wegzehrung sollten sie Edelsteine mitnehmen, die sie bei Bedarf verkaufen können, und wenn diese nicht reichen, so müssen sie vielleicht von Almosen leben. Darum, o König, sollte der Prinz die lange Reise mit einem Gefährten antreten. Niemand weiß, in welche Richtung die Reise gehen wird, wir können auch keinen diesbezüglichen Vorschlag machen. Es gibt aber eine Möglichkeit: Hinter den Bergen des Himalaya soll es eine Einsiedelei geben. Dort soll, so wurde uns berichtet, ein alter, weiser Gottessucher leben. Viele Wunder werden von ihm berichtet, und er soll auch Kenntnisse haben von der Zukunft der Welt. Der Prinz sollte erst einmal diesen Weisen aufsuchen, ihm die gebührende Achtung darbringen und zu Diensten sein. Dann mag er ihn nach dem Ort fragen, vielleicht ist uns das Schicksal gnädig, und er hat Erfolg.“

Alle Anwesenden waren mit diesem Vorschlag einverstanden. Nach einigen Tagen brachen wir auf. Nach einer ergreifenden Zeremonie verließen wir den Palast und zogen durch die Stadt. Hunderttausende säumten die Straßen, wir sahen Tränen in den Augen der Menschen und hörten Abschiedsrufe, zutiefst berührt verließen wir die Stadt und wandten uns nach Norden, in Richtung des Himalaya.

Mein Weggefährte hieß Bahadur und war der Bruder des Gelehrten Lalama. Wir hatten uns wie Bettler gekleidet, obwohl in meinem Gürtel die wertvollsten Edelsteine versteckt waren, und zogen unseres Weges, ohne von schwerem Gepäck behindert zu sein. Allmählich gewöhnten wir uns an die Beschwernisse der Reise und überquerten den Himalaya. Tage, Wochen vergingen, ohne daß wir auf die Einsiedelei des Gottessuchers gestoßen wären. Dann, als wir schon dachten, vergebens aufgebrochen zu sein, fanden wir die Höhle des Gesuchten. Ich ging hinein und verriet ihm mein Geheimnis und mein Vorhaben. Er nahm seinen weißen Bart zwischen die Finger und versank im Meer des Nachdenkens.

Nach einiger Zeit hob er den Kopf und sagte: „Mein Sohn! Wie viel ich auch immer weiß, habe ich doch niemals erfahren, wo der Berg Kāf liegt. Aber sieben Monatsreisen von hier entfernt liegen die Ruinen der alten Stadt Milest. Dort gibt es einen Schacht, dessen Öffnung mit einem meisterlich gefertigten Steindeckel verschlossen ist. Manchmal hebt sich dieser Deckel aus unbekannten Gründen. Geh hin und warte, wenn dir das Schicksal wohlgesonnen ist, wird sich der Deckel öffnen.

Wenn das geschieht, so klettere an einem Seil hinunter. Dort wirst du auf einen Gang stoßen. Ihm mußt du folgen, bis du auf einen großen Platz triffst, in dessen Mitte ein Palast steht. Diesen Palast mußt du betreten, aber du darfst dich von allem, das du dort siehst, nicht beeinflussen lassen. Bleibe nicht stehen, raste nicht, und vor allem hab keine Furcht.

Im oberen Geschoß wirst du einen Schrank aus Marmor finden und darin ein Kästchen. Nimm das Kästchen, kehre zum Schacht zurück, wenn du ihn noch offen findest, klettere hinaus und lies die Tafel in dem Kästchen."

Ich verabschiedete mich von dem Weisen, und er gab mir seinen Segen. Dann brachen wir zu unserem neuen Ziel auf. Lange mußten wir uns durchfragen, bis wir an den Ruinen von Milest ankamen und den Schacht fanden.

Ich erklärte Bahadur, was zu tun sei, und wir schlugen am Schacht unser Lager auf. Es war wohl der vierzigste Tag seit unserer Ankunft, als sich der Deckel plötzlich öffnete. Schnell verabschiedete ich mich von meinem Gefährten und kletterte in den Schacht hinunter. Unten angekommen, löste ich den Strick von meiner Taille und suchte den Gang. Ich fand ihn, stieg sofort hinein, und nach wenigen Schritten wurde der Gang geräumig und breit. Nach kurzer Zeit trat ich auf einen weiten Platz und sah auch in der Mitte eines herrlichen Gartens den Palast aus purem Gold.

Ich trat durch die Tür ein und begab mich, ohne mich umzuschauen, in die obere Etage. Dort fand ich das Zimmer mit dem Schrank, öffnete ihn, nahm das Kästchen an mich und eilte, so schnell ich konnte, zum Schacht zurück. Der Deckel begann sich gerade wieder zu senken, und Bahadur schrie aus Leibeskräften mit weinerlicher Stimme nach mir. Sofort schlang ich das Seil um meine Hüften, rief nach Bahadur, und so schnell er konnte, zog er mich hoch. Im letzten Moment gelang es mir, den Schacht zu verlassen.

Mit Freudentränen in den Augen umarmte mich Bahadur und beglückwünschte mich zu meiner Rückkehr.

Mit Gewalt öffneten wir das Kästchen und fanden eine Stahlplatte, auf der zwei Gazel eingraviert waren:

Die Ansprache des Geheimnisvollen

Der Ort, an dem die Sonne der Wahrheit und
auch das Universum seinen Anfang hat, bin ich.
Die Quelle der Vielfalt und

der Schatz der Körper bin ich.
Ich bin ein solches Sein, daß ich das Universum
aus meinem Wort erschuf.
Alle sichtbaren Dinge sind ein Ausdruck
meiner verschiedenen Zustände,
und mein ist die endlose Zeit,
ich bin ein solches Sein, ich habe keinen Ort
und keine Zeit, und mich bindet kein Gesetz
und keine Regel –
doch alles, was sich ereignet, bin ich.
Ich bin der Thron Gottes, der Himmel
unter ihm und die sieben Himmel.
Ich bin Materie, der Sinn, der Teil,
das Ganze, das Seelenlose und das Beseelte.
Nur reines Licht bin ich, ein von
allen Dingen ungebundenes Geheimnis.
Ich bin der Punkt über dem Buchstaben *Nūn*
des Wortes *Kūn*, Sein, mit dem alles erschaffen
wurde.
Ich bin Geist, zugleich die Engel, Adam und Mensch.
Ich bin ein Wesen, bekannt durch
seine Eigenschaften und seine Werke.
O du, der du nach Wahrheit verlangst, wisse!
Ich bin der Herr der Macht und Herrlichkeit,
der Schöpfer und Erbarmer.

Die Antwort auf das Geheimnisvolle

Ich bin ein Sein, wenn ich „Ich" sage,
so ist damit deine Macht gemeint.
Ich bin so ein Sein, daß deine Einheit
durch meine Ichheit erkannt wurde.
O du einziges Sein! Wenn ich meine Ichheit
von dir getrennt vorstelle, so ist dies nur
ein Zeichen der Unachtsamkeit.
Denn, das Unbeständige kann in seiner Form

nicht beständig sein.
Ich bin so ein *Fakir*[36], das heißt, ich bin
der Gnade meines Herrn auf ewig bedürftig,
alles, was ich habe, ist dein.
Was mich betrifft, so bin ich nichts ohne Dich.
Der edle Prophet[37] sprach: „*Al-fakru fakhrī*“[38],
das heißt zu wissen, daß ich Gottes bedarf,
ist für mich die größte Ehre, und dies ist
der größte Beweis für die Einheit Gottes.
Der Thron, die Wolke darunter,
das Firmament, die Sphären wurden alle
durch Deinen Befehl erschaffen.
Die Seiten des Universums wurden
durch die Kraft Deiner Hand beschrieben
und sind Beweise
Deines Seins und Deiner Einheit.
Du bist ein erhabenes Wesen, unabhängig
von Zeit und Raum.
Das ganze sichtbare Universum ist Dein Werk,
ein Zeichen Deiner Eigenschaften
und ein Beweis Deiner endlosen Macht.
Du bist so ein Sein,
daß es nichts Sichtbares gibt, außer Dir.
Wohin der Blick sich auch wendet,
überall sind die Werke Deiner Kraft.
Das Geheimnis Deines Seins ist
das Fundament des Universums;
alles existiert nur durch Deine Existenz.

Abgesehen davon, daß ich von diesen beiden Gazeln nichts verstand, war auch nichts zu entdecken, was mit dem Berg Kāf zu tun hätte. Hoffnungslosigkeit überkam mich. Ich wußte nicht mehr weiter. Nach langen Diskussionen kam ich mit Bahadur überein, erst einmal in Richtung Osten weiterzuwandern und überall, wo wir auf Menschen trafen, nach dem Berge Kāf zu fragen.

Zwei Jahre lang zogen wir durch etliche Länder, doch nirgends konnten wir etwas Genaues über den Berg Kāf erfahren. Eines Tages betraten wir eine große gepflegte Stadt und quartierten uns in einer Herberge ein. Nach einigen Tagen zogen Ausrufer durch die Straßen und gaben bekannt: „O Volk! Wer die Tafel, die im Schacht der Ruinen von Milest verborgen ist, bringt und sie dem Oberhaupt der Gelehrten übergibt, erhält eine noch kostbarere Tafel mit einem Gedicht."

Ich überlegte, die Tafel von Milest war jene, die wir mit uns führten. Sie hatte uns keinen Nutzen gebracht, denn wir hatten nichts verstanden. Vielleicht führte uns diese andere Tafel ans Ziel.

Ich suchte den Führer der Gelehrten auf, erzählte ihm, daß sich die gesuchte Tafel in meinem Besitz befand, und vor lauter Begeisterung fiel er mir um den Hals. Ich übergab ihm die Tafel und erhielt dafür die andere versprochene.

Diese war sehr kostbar, aus grüner Jade gefertigt, glatt poliert, und von Meisterhand war der Text eingraviert:

„Die stete Bewegung des Universums ist notwendig, um zur Vollkommenheit zu gelangen und zur inneren Reife.

Jede Zelle, jedes Atom ist in ständiger Bewegung, und alles strebt danach, wieder zu seinem Ursprung, dem Schöpfer, zu gelangen.

Die Wesen des Universums und die Menschen jagen oft einer Illusion, gleich einer Fata Morgana, nach. Sie suchen ihr Glück und weben immer neue Schleier, die sie davon trennen.

Wenn ein Mensch du bist, so komm, sieh, was erstrebenswert ist, und laß ab, immer wieder neue Schleier zu erschaffen.

Das Wasser, das du trinken willst, um dich zu erquikken, ist an der Quelle am köstlichsten. Wird eine Sonne, die am Horizont der Ewigkeit aufgeht, untergehen und verloren sein? Verbringe deine kostbare Zeit nicht nutzlos. Wende dein Antlitz dem Angesicht Gottes, erhaben ist Sein Wesen, zu."

Dieser Text verwunderte mich und erweckte zugleich meine Neugier. Ich erzählte dem Oberhaupt der Gelehrten den Zweck unserer Reise, er war erstaunt und sagte: „Wie sonderbar, ich habe diese Tafel aus einem Schacht der Nazārā Ruinen herausgeholt. Aber weil die Bedeutung des Textes mir verschlossen blieb, erreichte ich nicht mein Ziel. Jahrelang reiste ich umher, bis ich endlich die Insel *Serendib*[39] erreichte und dort auf dem Adamshügel einen alten Einsiedler, der sich ganz der Meditation und dem Gebet hingab, traf.

Er sagte zu mir: „Wenn du die Tafel aus den Ruinen von Milest erwirbst, wirst du dein Ziel erreichen."

Jahrelang suchte ich nun nach diesen Ruinen und konnte sie doch nicht finden.

Hoffnungslos und entmutigt kehrte ich in meine Heimat zurück, und jedes Jahr ließ ich die Ausrufer einige Male in der Stadt umherziehen, in der Hoffnung, so in den Besitz der Tafeln zu gelangen. Und nun hast du sie mir gebracht. Aber es ist seltsam, auch diese Gazel bringen mich meinem Ziel nicht näher. Und was ist mit dir ...?

Auch ich hatte keine Lösung meines Problems gefunden. So beschlossen wir, gemeinsam zur Insel Serendib zu reisen, um dort den Einsiedler aufzusuchen und ihm die Tafeln zu zeigen.

Nach einer langen, beschwerlichen Reise erreichten wir Serendib und den alten Mann. Wir übergaben ihm die Tafeln und erklärten ihm unser Anliegen. Mit nachdenklicher und verwunderter Miene sagte er: „Ohne die Hilfe Gottes nützt keine Erklärung", und zu mir gewandt, „mein Freund, in den Gazeln der ersten Tafel wird über Kāf und Anka berichtet."

Leise flüsterte er mir die notwendigen Erklärungen ins Ohr.

„Der Text auf der zweiten Tafel beinhaltet die Antwort auf die Frage des Drachen. Dieses uns endlos erscheinende Universum, diese endlose Karawane des Seins, dieses Reich der Sterne, diese unzähligen Sonnen, diese Galaxien im unendlichen Raum streben ihrem Ursprung zu, dem unbekannten Geheimnis Gottes, dem Barmherzigen, dem Licht der Liebe. Diese Reise, diese nicht endenwollende Bewegung, ist ewig."

Auch meinem Freund wurde geholfen.

Wir verabschiedeten uns von dem Eremiten, und ein jeder kehrte glücklich und frohen Mutes in seine Heimat zurück.

Drei Monate vergingen noch, bis wir in unsere Heimatstadt kamen.

Sieben Jahre waren wir unterwegs gewesen, und bei unserer Ankunft verblieb nur noch ein Tag bis zur Heimsuchung durch den Drachen. Mein Vater war alt geworden, und das Volk erwartete in Trauer und Kummer den nächsten Tag.

Bahadur und ich hatten uns während der sieben Jahre auch sehr verändert, und niemand erkannte uns. Ich schickte Bahadur zu meinem Vater und ließ ihm folgendes ausrichten: „Ein Derwisch ist in die Stadt gekommen, und er wird morgen dem Drachen entgegentreten. Das Volk soll morgen früh vor die Stadt kommen und alles festlich schmücken."

Mein Vater war vor lauter Freude verwirrt und wußte nicht, was er machen sollte. Er beriet sich mit den Ministern und Gelehrten, und man kam überein, daß sich morgen früh alle vor der Stadt versammeln würden.

Schon vor Tagesbeginn begann das Volk vor die Stadt zu strömen. Alles war festlich geschmückt und wartete hoffnungsvoll, was sich nun ereignen würde. Ich ging mit Bahadur zum Versammlungsort und trat vor den Sultan.

Mein Vater befand sich in einem Zustand zwischen Furcht und Hoffnung, hing doch vom Ausgang der Angelegenheit das Leben von vierzehn seiner Untertanen ab.

Dann wurde der Drache gesichtet, und ein Raunen ging durch die Reihen der Wartenden.

Verwundert blickte der Drache auf die Menschenmenge: „So“, sagte er, „ihr habt den Mut, den Kampf mit mir aufzunehmen? Mit dem Feuerhauch aus meinem Maul werde ich euch und euer Land vernichten!“

Ein für diesen Fall bestimmter Unterhändler trat vor ihn hin und erklärte, daß die Versammlung nicht die Absicht hatte, gegen ihn anzutreten, sondern daß jemand gekommen war, seine Frage zu beantworten.

„Laßt diesen Mann vortreten“, sagte der Drache. Ich erhob mich und trat vor ihn hin.

„O Menschensohn“, sagte er, „wenn du meine Frage nicht beantworten kannst, so werde ich dich verschlingen und statt der bisher sieben Männer und Frauen künftig siebzig Menschen als Opfer fordern.“

Dem König wurde die Bedingung mitgeteilt, und nachdem ich ihm versprach, den Drachen zu überwältigen, willigte er ein.

„Wohin geht die Reise der Karawane?“ stellte der Drache wieder seine uralte Frage.

Dem Volk stockte der Atem, wird meine Antwort richtig ausfallen?

Ohne zu zögern begann ich zu sprechen: „O Ifrit, du hirnloser Narr! Dieses der Reife und Vollkommenheit bedürftige Universum, diese zu ewiger Reise und Bewegung verurteilte Karawane zieht hin zum unvorstellbaren Geheimnis, zu dem alles zu sich ziehenden Licht, welches seinen Ursprung im Göttlichen Angesicht hat.“

Kaum daß der Drache meine Antwort vernahm, stieß er einen ohrenbetäubenden Schrei aus und schüttelte sich. Ich traute meinen Augen nicht, was war geschehen?

Anstelle des Drachen stand plötzlich ein etwa sechzehnjähriges Mädchen vor mir. Wie eine Fee sah sie aus, und alle Anwesenden, ich auch, waren starr vor Staunen und

Verwunderung. Das Mädchen trat auf mich zu, ich stand immer noch wie gebannt da, und sagte: „Ich bin das schönste Wesen unter den Geschöpfen, welche durch die Göttliche Kraft erschaffen wurden, und ich bin immer sechzehn Jahre alt. Aber durch meine Koketterie wurde ich in diesen Drachen verwandelt, und die Bedingung meiner Erlösung war, daß jemand meine Frage richtig beantworten konnte. Ihr habt die richtige Antwort gegeben, und so bin ich erlöst, und Ihr habt mich von diesem fuchtbaren Körper, das Volk von der Heimsuchung, die vielen Menschen das Leben kostete, befreit. Nun bin ich Eure Dienerin."

Das Volk war überglücklich über den Ausgang der Begegnung. Die Garde beruhigte die Menschen und sorgte für Ruhe. Alle waren wieder still, als der König sich erhob und sprach: „Mein geliebtes Volk! Dieser vornehme und reife junge Mann hat euch vor einem großen Unglück gerettet, und ich glaube, es besteht kein Zweifel daran, daß er euch noch größere Dienste erweisen kann. Was mich betrifft, so bin ich alt geworden. Und da mein armer Sohn nicht zurückgekehrt ist, war ich gezwungen, bis heute die Last des Königreiches auf meinen Schultern zu tragen, denn ich hatte niemanden, dem ich die Verantwortung übergeben konnte. Dieser wertvolle junge Mann wurde uns von Gott gesandt, durch ihn hat Er uns befreit. Ich habe mich entschlossen, ihm meinen Thron und das Reich zu überlassen. Möge Gott seine Krone und seinen Thron segnen."

Er rief mich zu sich und umarmte mich herzlich. Ich war tief gerührt, konnte mich nicht mehr verstellen, ergriff die Hände meines Vaters und rief: „Väterchen! Erkennst du nicht deinen Sohn?"

Mein Vater sah mich erschrocken und zugleich verwundert an, Tränen der Freude füllten seine alten, weisen Augen, und mit einem leisen Seufzer sank er bewußtlos zu Boden. Das umstehende Volk hatte gehört, daß ich der Prinz war, der vor vielen Jahren ausgezogen war, um sein Volk zu retten. Grenzenlose Freude erfaßte die

Menschen, und alle waren über meine Rückkehr glücklich und vergnügt. Sie kamen, umarmten und beglückwünschten mich.

Meine Heirat mit dem von der Gestalt des Drachen erlösten jungen Mädchens wurde beschlossen, und mit uns wurden die vorher für den Drachen ausgelosten sieben jungen Männer und Frauen verheiratet. Mein Vater überließ mir Thron und Reich, ich ernannte Bahadur zum Minister und begann das Land zu regieren.

An einem Freitag bestieg ich mein Pferd, um etwas auszureiten. Ich weiß nicht warum, aber das Tier verfing sich irgendwo mit seinem Hufe, strauchelte und warf mich ab ...

Ich öffnete die Augen.

*
* *

Der siebente Tag: Zwei Augen sehen eins

Die Wissenschaft ist nur ein Punkt, die Unwissenden haben ihn vermehrt.
HAZRAT 'ALĪ

Heute war Aynali Baba sehr ausgelassen. So sehr, daß er, um es aller Welt zu zeigen, an seine Kappe noch ein großes Spiegelstück und an seinen Kaftan zwei große gelbe Blechstücke von einem Kanister befestigt hatte.

Meine Verehrung, die ich als *Muri*[40] für meinen *Scheich*[41] Aynali Baba empfand, war so groß, daß sie durch die Blechstücke nicht gemindert wurde. Ja, er hätte sich sogar ganze Kanister an den Kaftan nähen können, es hätte meiner Liebe und Verehrung keinen Abbruch getan. Ich fragte ihn nach dem Grund seiner Ausgelassenheit.

„Du kennst doch unseren Hadji Molla", sagte er, „seine Katze brachte ein Junges zur Welt. Schneeweiß wie Watte und ein sehr niedliches Tier."

Verblüfft sagte ich: „Entschuldigen Sie, Verehrtester! Aber ich verstehe nicht, wie Sie sich so freuen können, nur weil die Katze von Hadji Molla ein Junges bekam."

„Das ist doch ganz einfach", sagte er, „Pamuk hat die Geburt gut überstanden, und deswegen werden wir heute ein fröhliches Fest veranstalten."

„Wie? Wegen einem Katzenjungen?!" Ohne daß ich es wollte, frotzelte ich doch etwas. „Und werden wir auch ein Fest begehen, wenn dieses ehrwürdige Junge seinen Namen bekommt?"

„Es hat schon einen Namen. Wieviele Namen Hadji Molla auch ..." Lachend: „Ist es nicht merkwürdig, daß die Menschen immer noch nicht die notwendige Anzahl

Buchstaben gefunden haben, obwohl sie sich damit schon seit Urzeiten abmühen?!"

Sprachlos, verwirrt fragte ich: „Wie meinen Sie das?"

„Die Mutter des Jungen heißt Pamuk ... Würde man ihren Sohn auch so nennen, so würde man das gleiche wiederholen. Aber es ist so, daß Hadji Molla den Gedanken hatte, durch den Namen sein weißes Fell zur Sprache zu bringen. Wir haben uns vier Stunden unterhalten, wir wollten ihm den Namen Kar, ‚Schnee', geben, aber das war zu kalt. Ihn Beyaz, ‚weiß', zu nennen, ist auch nicht das Richtige, wenn man den Namen öfters hintereinander wiederholt. Das persiche Wort für ‚weiß', Sefid, hat Hadji Molla gleich abgelehnt, denn als er noch zur Schule ging, hat er einmal in einer Erdkundestunde wegen des Mittelmeeres – auf Alttürkisch: Bakhr-i-Sefid – eine Ohrfeige bekommen, und deshalb haßt er das Wort. Ich habe ihm das Wort Ak, ‚weiß', vorgeschlagen, da ist er wütend geworden: ‚Denn', sagte er, ‚wenn ich das Junge Ak! Ak! Ak! rufe, denken alle, ich wäre eine Ente!' Daraufhin habe ich das persische Wort für ‚Baumwolle', Penbe, vorgeschlagen. Hadji Molla sagte darauf, daß man eine weiße Katze nicht ‚rosa' – penbe bedeutet auf Türkisch ‚rosa' – bezeichnen kann. Schließlich haben wir das Junge Zararsiz, ‚Schadlos', genannt."

Ich sagte lachend: „Und dann wurde beschlossen, ein fröhliches Fest zu feiern. Ein Katzenjunges ..."

„Mein Freund! Die Menschen haben die Logik erfunden, um das, was sie sagen, zu unterscheiden und als logisch einzustufen. Wenn ich nun zu dir sagen würde: In dem und dem Land wurde dem und dem König ein Sohn geboren, und das Volk veranstaltet ein großes Fest, so würdest du dich darüber nicht wundern. Ja, du würdest es sogar als normal betrachten. Aber überlege doch einmal, überleg dir, daß es nicht gewiß ist, ob es ein guter Mann, ein gerechter König wird. Und als drittes, da er ein Mensch ist, neigt er vielleicht mehr zum Schlechten als zum Guten. Und als viertes, da er der Sohn eines Königs ist, ist zu befürchten, daß er hochmütig, tyrannisch, selbstsüchtig und vielleicht auch etwas eingebildet sein wird. Wenn dem so ist, und man macht ein großes Fest für ein Kind mit solchen Eigenschaften, warum sollen sich nicht zwei Menschen freuen, wenn so ein Wesen wie Zararsiz zur Welt kommt?“

Während ich noch verwundert auf Aynali Baba, diesen bemerkenswerten Menschen, der im Scherz noch eine tiefe Belehrung verbirgt, blickte, nahm dieser seine Ney, blies eine Melodie und begann zu singen:

„O Herz! Du bist es, das auf dieser Welt
funkelt und das Licht versprüht.
Du bist es, der die Unwissenden wissend macht.
Die Dinge sind ein Spiegel, und du bist es,
das in diesem Spiegel zu sehen ist.
Das Gewissen wird erkannt, weil alles
eine Einheit miteinander bildet
durch das „eins“ und „all-ein“ sein.
Der Mensch erkennt die Dinge
durch das Gewissen.
Die Dinge sind ein Spiegel, und du bist es,
das in diesem Spiegel zu sehen ist.
In allem Sichtbaren spiegelt sich nur ihr Inneres,
ihr Ursprung und ihr Geheimnis wider.
In der Erscheinung können die Dinge
und ihr Inneres unterschieden werden.
Die Dinge sind ein Spiegel, und du bist es,
das in diesem Spiegel zu sehen ist.
Du bist das Wesen, der Kern
aller Dinge des Universums.
Du bist das Wesen aller Offenbarungen.
Die Dinge sind ein Spiegel, und du bist es,
das in diesem Spiegel zu sehen ist.“

Ich tauchte ein in die andere Welt. Durch die Stimme der Ausrufer erwachte ich. Sie riefen: „Eine Karawane bricht zur Stadt Djablisā auf. Wer mitreisen möchte, finde sich bis zum Abend bei ihr ein."

Ich hatte im Geschichtsunterricht nie von dieser merkwürdigen Stadt gehört, und in den Atlanten wird man vergeblich nach ihr suchen. Folglich dachte ich, daß es sich dabei um eine Stadt der Illusionen handeln mußte. Nun brach also eine Karawane in Richtung dieser Stadt auf.

Während ich noch in Gedanken mit derart seltsamen Dingen beschäftigt war, bemerkte ich etwas Eigenartiges: Das Zimmer, in dem ich mich aufhielt, bestand aus Silber, Wände, Decke, alles aus reinem Silber. Mit einem Ausruf des Erstaunens erhob ich mich, da erblickte ich mich in einem Spiegel an der gegenüberliegenden Wand. Wieder stieß ich einen Schrei aus, einen Schrei der Verwunderung und des Entsetzens. Denn was ich dort sah, übertraf alle menschlichen Vorstellungen. Erschreckt und wie von Sinnen starrte ich auf mein Spiegelbild: Auf der Stirn hatte ich nur ein Auge, statt zwei Armen nur einen und ebenso nur ein säulenartiges Bein. Ich konnte wohl mit diesem Bein laufen bzw. hüpfen, aber wenn ich daran dachte, wie es sich auf zwei Beinen lief, wurde mir diese Art der Fortbewegung doch zuwider. Daß ich auch nur ein Auge und einen Arm hatte, schmerzte mich zutiefst. Und während ich noch innerlich klagte: „O Gott! Was ist das für ein Zustand, in dem ich mich befinde, was ist geschehen?" wurde die Tür geöffnet. Hüpfend kam eine Frau ins Zimmer: „Die Karawane bricht auf. Alles ist vorbereitet. Wir müssen nun Abschied nehmen."

Ich verließ also das silberne Haus und sah, daß die ganze Stadt aus Silber war. Ich bestieg ein zweibeiniges Reittier und erreichte gerade noch die Karawane vor der Stadt. Alle Menschen sahen so aus wie ich. Ich fragte einen Weggefährten, der zufällig neben mir ritt, wie lange wir wohl zur Stadt Djablisā unterwegs seien. Er sagte, daß wir sieben Jahre unterwegs sein würden, und mit Schrecken dachte ich daran, auf diesem zweibeinigen Maultier sieben Jahre reisen zu müssen, wahrlich kein angenehmer Gedanke.

Noch einmal wandte ich mich an den Gefährten: „Wie heißt diese Stadt hier?"

„Djablika."

Das war der Name der zweiten Stadt, die auf keinem Atlas zu finden war. Was mich aber noch mehr verwunderte, war die Tatsache, daß ich zu diesem Volk gehörte und nach der Stadt Djablisā unterwegs war. Noch einmal fragte ich: „Warum reisen wir nach Djablisā?"

„Hast du für die Reise dem Oberarzt kein Gesuch eingereicht?"

„Meinst du, daß ich es eingereicht habe?"

„Ich glaube, wohl."

„Ich erinnere mich aber nicht, wozu ich es eingereicht habe."

„Das ist erstaunlich! Der Grund für das Gesuch ist, zwei Augen, zwei Arme und zwei Beine zu bekommen."

Als ich dies hörte, kannte meine Freude und Begeisterung keine Grenzen, vor Freude stieß ich einen Schrei aus und war sofort bereit, alle Beschwernisse der Reise auf mich zu nehmen.

Kurzum, nach genau sieben Jahren erreichten wir die Stadt Djablisā. Diese Stadt war ganz aus Gold. Das ganze Volk war zu unserer Begrüßung angetreten, „*Māschā'a llāh! Māschā'a llāh!*[42]" riefen sie, „es sind die gekommen, die nicht mehr einäugig sein wollen, die nicht mehr mit einem Arm und einem Bein zufrieden sind."

Mit unserer Ankunft begann in der Stadt ein großes Fest, das vierzig Tage und Nächte dauerte. Nach dem Fest brachen wir unter der Führung eines weißbärtigen Alten zum Paradies der Erkenntnis auf. Es war etwa fünf Kilometer von der Stadt entfernt. Es ist unmöglich, das Paradies der Erkenntnis zu beschreiben. Ich möchte aber wenigstens versuchen, einen äußerst sonderbaren Teil darzustellen: Am westlichsten Punkt des Paradieses befand sich ein großer Ozean. Aber, und das war unbegreiflich, der Ozean befand sich nicht auf der gleichen Höhe mit der

Erdoberfläche des Gartens. Das Wasser türmte sich so hoch auf, daß die Oberfläche nicht zu sehen war. Und dennoch fiel kein Tropfen Meereswasser in den Garten. Es war, als würde sich zwischen der Luft des Gartens und dem Wasser eine unsichtbare Barriere befinden. Dieser riesige, sich wie eine Wand auftürmende Ozean lag ruhig und unbewegt da, bei diesem Anblick konnten sich einem die Haare sträuben.

Nachdem wir uns in diesem Paradies belustigt und vergnügt hatten, gingen wir eines Tages, um den Wasserfall der Manifestation[43] – der Wasserfall, an dem die Göttliche Kraft und deren Geheimnisse offenbar sind – zu besichtigen. Was ich jetzt erzähle, ist nicht mehr mit dem Verstand zu begreifen, und doch kann man es sich vorstellen: In der Mitte dieses sich auftürmenden Ozeans ergoß sich ein Wasserfall in den Garten, und dieser Wasserfall, der sich aus dem Ozean der Herrlichkeit ergoß, wurde *Tedjellī*[44] genannt. Das Wasser des Tedjellī ergoß sich in die Schale einer Haselnuß und verschwand dort.

Vor diesem unfaßbaren Schauspiel standen meine Freunde und ich wie erstarrt und gebannt. Nachdem ich mich wieder etwas gefaßt hatte, rief ich aus: „O Gott! O Gott! Was ist das? Wie kann dieser endlose Ozean in die Schale einer Haselnuß fließen und sie doch nicht füllen? Was ist das, o Gott?"

Unser Führer hatte meinen Ausruf gehört und sagte: „Seht ihr, dieser Ozean der Herrlichkeit wird ein Strudel der Erhabenheit wie ein kleiner Bach und verliert sich dann. Und seit Ewigkeiten fließt das Wasser des endlosen Ozeans in den Strudel der Erhabenheit ... und ..."

Verwirrt von diesen Worten, diesem Wunder, diesen Geheimnissen standen wir da und waren unfähig, einen klaren Gedanken zu fassen, da fuhr unser Führer fort:

„... und ihr habt bisher nicht den ohrenbetäubenden Lärm des Wasserfalls gehört. In wenigen Augenblicken werdet ihr ein lautes Donnern und Tosen vernehmen, aber habt keine Furcht."

Nach wenigen Augenblicken vernahmen wir von dem Wasserfall ein lautes Dröhnen und Donnern, unsere Trommelfelle schienen zu platzen, und wie gelähmt stürzten wir die Besinnung verlierend zu Boden.

Nach einer Weile kamen wir wieder zu uns, aber ein Wunder war geschehen: Wir hatten plötzlich zwei Augen, zwei Arme und zwei Beine. Wir sprangen auf und umarmten uns vor Freude.

*

* *

In dieser Atmosphäre der Freundschaft und Brüderlichkeit erwachte ich. Aynali Baba spielte auf der Ney und sang zwischendurch:

„Die Zweisamkeit ist für die Einheit, sieh!
Zwei Augen sehen eins.
Und die Einheit ist für das Leben, sieh!
Zwei Augen sehen eins.
Der Geist und der Körper, der Himmel und die Sphären,
der Mensch und die Peri, der Dschinn und der Engel,
für die Einheit ist all die Mühe, sieh!
Zwei Augen sehen eins.
Bewahre dich davor, Gott jemanden beizugesellen.
Verbringe deine Zeit nicht sinnlos.
Schau auf die Welt. Schau.
Zwei Augen sehen eins.
Erkenne dich selbst, denn dies ist der Sinn des *ʿalemi*[45].
Betrachte den Geist und Körper als Einheit.
Schau! Zwei Augen sehen eins."

Der achte Tag: Auf der Suche nach dem Geist

Wir glauben daran,
das Ganze ist
von unserem Herrn ...
SURE 3:8

Nachdem ich die Augen geschlossen hatte, fand ich mich in einem Unterrichtsraum in der Gegenwart eines ehrfurchtgebietenden Lehrers wieder.

In dem Raum saßen noch hundert andere Schüler. Als ich mir in der Zwischenzeit an den Kopf faßte und einen langen Haarzopf bemerkte, erinnerte ich mich daran, daß ich ein Chinese war. Ich erinnerte mich langsam an immer mehr Einzelheiten: Ich war ein junger Mann aus der Stadt Nanjing in der Provinz Irangsu in China, der nach Wissen und Erkenntnis strebte.

Durch alle Provinzen Chinas war ich gezogen, doch nirgendwo fand ich eine Lösung meiner Probleme. Danach dehnte ich meine Reisen und Untersuchungen bis nach Indien aus und war Schüler bekannter Lehrer und Meister und so bemüht, Antworten auf meine Fragen zu bekommen. Doch niemand gab mir die Antwort, welche das Heilmittel für mein unruhiges Herz gewesen wäre. Zu guter Letzt empfahl man mir, einen alten Brahmanen in seinem Ashram aufzusuchen.

Nach einer langen, entbehrungsreichen Reise durch den Urwald voller Raubtiere, gefährlicher Schlangen und giftiger Gräser erreichte ich den Ashram inmitten des Dschungels. Und nun erhielt ich meine erste Lektion.

Der Brahmane saß lange Zeit in sich versunken da, dann öffnete er die Augen, richtete seinen Blick auf mich und sprach mich mit einer dünnen, scheinbar aus weiter Ferne kommenden Stimme an: „Nun, mein Sohn, der du aus dem weiten China kommst, worin besteht dein Problem? Was suchst du?“

„Das ewige Rätsel“, antwortete ich. Erstaunt blickten sich die anderen Schüler an. Es war so, daß sie alle das gleiche suchten.

Wieder sprach der Brahmane: „Welches?“

„Wie, welches?“

„Nun, welches?“

„Die Wahrheit des Geistes.“ Der Brahmane verstummte. Sein leichenblasses Gesicht wurde starr und unbeweglich, undurchdringlich.

Eine Weile verharrte er so, dann sagte er: „Die Lebenden kennen nicht den Geist, bist du bereit zu sterben?“

„Ja“, sagte ich.

„Komm zu mir“, rief er.

Ich ging zu ihm, und er flüsterte mir ins Ohr: „Versuche, dein Ich zu bezwingen, so gut du kannst, und wiederhole immer wieder ‚mein Haus‘, ‚mein Haus‘. Sie werden dich jetzt in deine Klause bringen, in der du die nächste Zeit alleine bleiben wirst.“

Auf die Anweisung des Brahmanen brachte man mich in eine kleine Zelle, sie war so lang, daß gerade ein Mensch darin Platz hatte, und dunkel. Bis zum Abend saß ich nun da und wiederholte unzählige Male: „Mein Haus, mein Haus ...“

Mein Herz wurde von einer unbeschreiblichen Langeweile erfaßt, außerdem war ich hungrig geworden. Die Tür der Zelle war von außen versperrt, und um auf mich aufmerksam zu machen, schlug ich mit der Faust dagegegen, doch niemand kümmerte sich um mich.

Es war schon sehr spät, als jemand die Tür öffnete, er ließ mich fünf Minuten aus der Zelle, gab mir dann eine Handvoll gerösteten Mais und ein Täßchen Wasser und sagte: „Obwohl dies hier das Animalische in dir belebt, wirst du es noch einige Zeit bekommen, bis du dein Ich mehr in der Gewalt und dich an die Diät gewöhnt hast."

Sieben Jahre lang blieb ich in diesem sonderbaren Gefängnis. Eine Zeitlang bekam ich jeden Tag eine Handvoll Maismehl, danach nur noch alle zwei Tage, alle drei Tage. Nach fünf Jahren brauchte ich nur noch jede Woche eine Handvoll Maismehl und alle fünfzehn bis zwanzig Tage etwas Wasser.

Als die sieben Jahre voll waren, holte mich ein Helfer aus meiner Zelle ab und brachte mich zu dem Brahmanen. Einige hundert Brahmanen und Tausende ihrer Schüler waren versammelt. Ich hatte einen schwer zu beschreibenden Zustand erreicht. Ich kam mir schwerelos vor, und es war mir, als würde ich fliegen, ein sonderbares Gefühl. Wenn ich mich nicht ganz konzentrierte, verschwammen die Formen der Gegenstände vor meinen Augen und wurden durchsichtig. Die Farben verloren ihre Bedeutung, und alles war gleich.

Ich bemerkte noch einen ungewöhnlichen Umstand, wenn ich einen Gegenstand längere Zeit mit meinem Blick fixierte, so löste er sich allmählich auf. Ich fühlte mich auch nicht als Körper, als Materie, ich kam mir vor, als würde ich nur aus Energie bestehen. Wen ich auch ansah, dessen Gedanken lagen offen vor mir.

Als wir in der Gegenwart des Brahmanen waren, eilte ich sofort auf ihn zu, um ihm die Hände zu küssen. Verwundert war ich, was diese einfache Bewegung für einen Lärm verursachte.

Aus tausend Kehlen erscholl es: „Mein Haus, mein Haus, Brahma, Brahma!"

Erstaunt blickte ich mich um und erkannte den Grund für die Begeisterung der Menge, der Brahmane und ich befanden uns in der Mitte des Raumes in der Luft schwebend. Der Brahmane ergriff meine Hand, und durch die Luft liefen wir auf die Wand zu. Aber die Wand war für uns kein Hindernis, und so glitten wir durch sie hindurch. Ich sah nicht, ob sie sich teilte oder dergleichen.

Wir befanden uns in einem anderen Raum, und der Brahmane fragte mich: „Ich glaube, nun hast du das ewige Rätsel gelöst und kennst jetzt den Geist?“

„Nein, o Meister“, sagte ich. „Ich weiß immer noch nicht, was der Geist ist.“

„O großer Brahma“, rief er verwundert aus, und zu mir gewandt, „du hast immer noch nicht begriffen, daß du selbst Geist bist?“

„Ich? Ich bin Geist?“

„O großer Brahma“, rief er wieder voller Verzweiflung. „Du bewegst dich in der Luft, gehst durch Wände und zweifelst immer noch daran, Geist zu sein?“

„Zweifel, was heißt Zweifel? Ich bin mir sicher, kein Geist zu sein. Ich bin ein Körper, und irgendwann wird sich dieser Körper auflösen, und meine Ichheit wird im Nichts vergehen, von meinem Sein wird nichts übrigbleiben.“

Der Brahmane stieß einen Schrei aus, rief einige Male „O Brahma!“, stürzte zu Boden und starb.

Aufgeregt beugte ich mich über den Körper, eiskalt war er, und das Herz stand still. Da, plötzlich öffnete er trotzdem die Augen, sagte mit leiser Stimme: „Hast du nun begriffen, was Geist ist?“ und schloß wieder die Augen.

Bevor ich noch das Wort Nein aussprechen konnte, vernahm ich ein schallendes Gelächter. Ich blickte auf und sah den Brahmanen, dessen entseelter Leib vor mir lag. Eine zweite Gestalt schwebte zwischen Fußboden und Decke.

„Nun“, sagte er, „begreifst du jetzt, was Geist ist?“

Noch ehe ich antworten konnte, wurde die Tür des Raumes geöffnet, jemand trat ein und sagte: „Sie werden gerufen.“

Ich folgte der Person, und als wir wieder den großen Saal betraten, in dem wir uns zuvor aufgehalten hatten, erstarrte ich, denn ich sah den Brahmanen auf seinem Platz sitzend. Er rief mich zu sich, und es ergab sich folgendes Gespräch: „Hast du nun endlich den Geist begriffen?“

„Nein, aber wenn Sie die Liebenswürdigkeit hätten, ihn mir zu erklaren ..."

„Erklären ... erklären sagst du? Hast du nicht gesehen?"

„Doch schon, bloß ich habe es nicht verstanden. Um etwas zu verstehen, reicht das bloße Sehen nicht."

„Ja und?"

„Man muß es sein!"

„Ja, ja! Sein, sein ... siehst du, und das ist nicht möglich."

„Warum?"

„Warum? Nun, um zu sein, muß man erst nichtsein. Dies stößt an die Grenzen meines Wissens. Du bist mit dem bisher Erreichten noch nicht zufrieden, und so bleibt nur noch eins: Hast du genug Kraft, dein ewiges Leben zu opfern?"

„Nun, wenn ich mein ewiges Leben opfere, was werde ich außer der Kenntnis des Geistes noch gewinnen?"

„Nichts! Wenn du sowieso nichts wirst, kannst du natürlich nichts gewinnen."

„Und was ist uns im ewigen Leben versprochen?"

„Brahma verspricht denen, die ihm folgen, eine ewige Freude."

„Und wird im ewigen Leben der Gedanke über den Geist in meinem Körper andauern?"

„Zweifelsohne, denn du wirst in deinem ganzen Wesen weiterbestehen."

„Wenn das so ist, dann opfere ich diese entsetzliche Ewigkeit. O Gott, ich will mit diesem Gedanken, der mir keine Ruhe läßt und keinen Frieden gibt, nicht ewig leben ... Ich will nicht, ich will nicht!"

„Gut, dann komm."

Der Brahmane nahm mich bei der Hand und führte mich in einen Raum. Aus einem Kästchen nahm er eine Schriftrolle, auf der die Namen von sieben Personen standen, und sagte: „In siebentausend Jahren waren nur sieben Menschen bereit, ihr ewiges Leben zu opfern, du bist der achte. Trage deinen Namen hier ein."

Er übergab mir die Rolle, ich schrieb meinen Namen unter die anderen, gab sie ihm zurück, und er gab mir die Anweisung: „Geh nun zum Berge des Lichts, und dein Problem wird gelöst werden."

Ich verließ den Ashram und machte mich auf zum Berge des Lichts. Mal lief ich auf der Erde, mal schwebte ich durch die Luft und erreichte schließlich mein Ziel.

Am Fuße dieses Berges befand sich ein ausgetrocknetes Flußbett, und in diesem fand ich einen Säugling, der offensichtlich erst vor kurzem das Licht dieser vergänglichen Welt erblickt hatte. Mich dauerte dieses kleine Wesen, und ich überlegte, wer es hier wohl hinterlassen haben könnte. Ich näherte mich ihm, um es vielleicht seiner Mutter, seinem Vater oder einem Angehörigen zu übergeben. Aber weit und breit war niemand zu entdecken.

Als ich ihn erreicht hatte, sprach der Säugling mich plötzlich an: „Sei willkommen, der du nach Erkenntnis strebst. Tritt näher, du, dessen Herz voller Gedanken ist."

Verwundert, daß mich dieses Neugeborene ansprach, antwortete ich: „Was bist du für ein seltsames Kind? Du bist neugeboren und kannst dennoch schon sprechen!"

„Ich kann nicht nur sprechen, ich bin auch sehr gesprächig. Und obwohl du nicht danach gefragt hast, werde ich dir auch meinen Namen verraten. Man nennt mich *Ma'arifet*[46]."

„Was mich betrifft, so versuche ich, das ewige Rätsel zu lösen."

„Dafür hast du dein ewiges Leben hingegeben, um von den Gedanken an den Geist befreit zu werden."

„Ja, diese Gedanken ..."

„Du bist ein einfältiger Narr. Dieser Gedanke ist der ewige Gedanke des ganzen Universums, der ganzen Schöpfung, und keine Kreatur, kein Atom kann sich davon befreien, denn sie können die Bedingung dafür nicht erfüllen."

„Was ist das für eine Bedingung? Ich habe für die Erkenntnis mein ewiges Leben hingegeben. Ich glaube, es gibt kein größeres Opfer."

„So, glaubst du? Ich glaube, wenn dieses Opfer ausreichen würde, um den Geist zu erkennen, so würde es viele geben, die den Geist kennen.“

„Ja, aber was ist denn die Bedingung?“

„Zu beweisen, daß Sein und Nichtsein ein und dasselbe sind.“

Ich erkannte, daß es unmöglich war, diese Bedingung zu erfüllen, und mit einem tiefen Seufzer öffnete ich die Augen.

*

* *

Ich sah wieder das lächelnde Gesicht von Aynali Baba und sagte: „Wer kann beweisen, daß Sein und Nichtsein ein und dasselbe sind? Darüber sprechen ist schon verrückt, wer kann es beweisen?“

„Wer, fragst du?“ sagte Aynali Baba. „Nun, die Narren, für die Wissen und Nichtwissen gleich ist.“

Der neunte Tag:
Was ist Glückseligkeit?

Was soll es, wenn die Wege
auch getrennt sind,
alle lieben dich, und jeder
kommt auf seinem Weg
zum Rosengarten.
NIYAZĪ[47]

Heute verhielt sich Aynali Baba etwas merkwürdig, und ich glaubte sogar, in seinem Blick Traurigkeit zu erkennen. Lange saßen wir schweigend da, jeder war in Gedanken versunken. Ich dachte über das Verhalten von Aynali Baba nach und beobachtete den Fluß meiner Gedanken.

Verwundert dachte ich auch daran, wie unterschiedlich die Gedanken und Ideen der Menschen sind und wie verschieden sie über ein und dieselbe Sache urteilen. Da riß die Stimme Aynali Babas mich aus meinen Betrachtungen.

„Weiß du“, sagte er, „daß ich nicht nur Ney, sondern auch auf der *Saz*[48] spielen kann? Ja, ich beherrsche sogar alle Musikinstrumente, und heute will ich dir etwas auf der Saz vorspielen.“

Er ging in seine Hütte, kam mit dem Instrument heraus und begann eine Improvisation zu spielen. Danach sang er mit seiner schönen Stimme:

„O *Zahid*[49], verspotte uns nicht.
Unsere Zunge singt den Namen Gottes.
Spare dir deine Belehrungen,
unser Weg führt zum Erhabenen.
Viele Wege der Wissenden gibt es,

zu allen haben wir ‚ja' gesagt.
Laß ab, mögen sie uns als Narren bezeichnen.
Unser Narrsein ist besser als ihre Gelehrsamkeit.
O *Mahī*[50]!
Möge dich die Güte Gottes erreichen.
Wenn du ein Liebender bist,
so betrachte es als Gunst für deine Seele.
Alif ist Allah, *Mim* ist Muhammad,
und *Dal*[51] ist unsere Tracht."

ICH VERSANK wieder in eine andere Welt ... Ich fand mich in einem großen Palast vor einem sehr kleinen Fensterchen wieder. Durch dieses Fensterchen sah ich einen großen, tausend Menschen fassenden Saal.

In den Wänden des Saales bemerkte ich ringsum solche Fensterchen, und durch jedes betrachtete jemand den Saal. An der Stirnseite befanden sich große Throne aus Smaragden und Rubinen, darauf saßen ehrfurchtgebietende Männer. Auf ihren Häuptern trugen sie Kronen, waren gekleidet in prächtige Gewänder, und viele trugen Schleier vor ihren Gesichtern. Auf einem Podest stand ein alles überragender Thron, über und über mit Edelsteinen verziert, doch er war leer.

Einer der Gekrönten erhob sich und sagte: „Ein Mensch namens *Bescheriyet*[52] ist gekommen, um uns eine Frage zu stellen. Wenn ihr damit einverstanden seid, kann er vor uns treten."

Die Versammlung äußerte Zustimmung, und auf Anweisung des Wortführers wurde Bescheriyet eingelassen.

Der Bescheriyet genannte Mensch war ein bedauernswertes, heruntergekommenes Wesen: Die Kleidung war zerrissen, das bleiche, narbenzerfurchte Gesicht war eingefallen, die Augen lagen tief in den Höhlen, schwer war sein Gang und der Körper tief gebeugt und mit vielen Wunden bedeckt. Es war nicht zu erkennen, ob es sich um einen Mann oder eine Frau handelte.

Der Wortführer sprach den Menschen an: „O Bescheriyet! Setze dich, ruhe dich aus und stelle deine Frage."

„Setzen, ausruhen? Was soll das? Habe ich in den letzten Tausenden von Jahren Zeit gehabt, mich auszuruhen und zu setzen? Hat man Zeit zum Ausruhen, wenn man sich einerseits um Unterhalt und Auskommen sorgen muß und andererseits mit tausend Gebrechen und Krankheiten des Körpers geplagt ist? Trotz allem Elend kann ich mich nicht selber umbringen. Ich bin ein leidgeprüftes Wesen. Sehr, sehr ..."

Schluchzend begann der Mensch zu weinen.

Betroffen schwiegen die Versammelten. Alle waren von der Hoffnungslosigkeit, dem Leid und den Entbehrungen, die der Mensch ausstrahlte, berührt. Der Wortführer wandte sich wieder an das Geschöpf und rief: „Das Problem ist sehr groß, wir müssen warten, bis unser Oberhaupt eintrifft."

„Ach, wenn ich nur wüßte, warum ich dieses Elend auf mich nehme und mich nicht selbst umbringe", seufzte Bescheriyet.

Einer aus der Versammlung erhob sich und sagte: „Mit euerer Erlaubnis möchte ich Bescheriyet trösten."

Die Versammlung war einverstanden, und er begann: „O Gott, was ist dieser Geschmack am Leben und diese sonderbare Kraft, die den Menschen an das Leben bindet? Ein Leben, das zweifellos irgendwann endet und voller Leid und Prüfungen ist. Der Mensch weint in seiner Kindheit in der Wiege, diese Zeit vergeht mit Schmerz und Wehklagen. Die Jugendzeit ist voller Wünsche und Pläne, und das Alter ist wieder eine Zeit des Elends und der körperlichen Gebrechen. Und wenn das Ende des Lebens gekommen ist, so war die ganze Lebenszeit nichts als nur ein Moment. Ist das ganze Elend nur für diesen Moment?"

Von irgendwoher erscholl eine Stimme, die antwortete: „Der Geschmack und die Freude des Lebens besteht für die Verständigen darin, die Werke der Göttlichen Macht zu erkennen und zu betrachten, und für die Unverständigen in Völlerei, Genußsucht und Ausschweifung."

Bescheriyet stieß einen Seufzer aus und rief: „Das ist richtig! Ja ... ja, aber sagt mir, seid barmherzig und sagt mir, wenn ich schon nicht vor dem Leben Abscheu empfinden kann und ich ohne es nicht sein kann, was ist dann Glückseligkeit?"

Mit flehendem Blick warf er sich nieder: „Bitte, sagt es mir."

In der Zwischenzeit war das Oberhaupt dieser Versammlung gekommen, er hatte die inständige Bitte des Menschen noch verstanden und sagte, an die Versammlung gewandt: „Bitte, gebt diesem Leidenden ein Heilmittel für sein bedrücktes Herz."

Einer nach dem anderen meldeten sich die Anwesenden zu Wort, und jeder gab seine Definition der Glückseligkeit.

Der Prophet Abraham erhob sich: „Glückseligkeit bedeutet arbeiten, verdienen und den Verdienst mit Menschen zu teilen."

Danach sprach Moses: „Glückseligkeit bedeutet, sein Ich zu beherrschen, um kein Tyrann zu werden, der, gleich dem Pharao, durch seine zügellosen Begierden Unglück über die Menschen bringt."

Konfuzius sagte: „Glückseligkeit ist, in einem Topf voller *Pilaw*[53] alle Geschmäcker unterzubringen."

Platon bemerkte: „Glückseligkeit bedeutet, nur an erhabene Dinge zu denken."

Nun sprach Aristoteles: „Logik, die Glückseligkeit liegt in der Logik."

Dann meldete sich Zarathustra: „Glückseligkeit ist, nicht in der Finsternis zu bleiben."

Brahma sagte daraufhin: „Glückseligkeit? Nun, das ist immer das Gegenteil dessen, was jeder als solche betrachtet."

Nun ergriff der Prophet Jesus das Wort: „Glückseligkeit ist möglich, indem man das Gewesene vergißt, sich mit dem Jetzt begnügt und sich keine Gedanken über das Kommende macht."

Dann sprach der edle *Lukmān*[54]: „Die Menschen haben dieses Wort erfunden, um all das zu bezeichnen, was sie gerne hätten, aber nicht erreicht haben."

Jetzt meldete sich der Prophet Elias: „Glückseligkeit ist eine Illusion, die sich in den Herzen derer breitmacht, die sich frei von Wünschen und Begierden wähnen."

Nach all diesen Erklärungen erhob sich Buddha verärgert und rief: „O Bescheriyet! Glückseligkeit ist ein anderer Name für das Entwerden. Nirwana, o Bescheriyet, Nirwana! Nirwana!"

Erschöpft stürzte Bescheriyet zu Boden und rief verzweifelt: „Oh ... oh ...! Was ist es denn nun? Was ...?"

In diesem Augenblick erhob sich der Führer der Versammlung mit den Worten: „O Bescheriyet, du klagst uns dein Leid und dein Unglück und fragst, was ist Glückseligkeit. Du fragst uns seit Tausenden von Jahren, und dennoch ist die Antwort in dir. Ein jeder der hier Versammelten gab dir eine Antwort, und jeder sagte das gleiche in einer anderen Form, und dennoch bist du unzufrieden. Du klagst, ein Mensch zu sein, und dennoch warst du nie ganz Mensch. Dein geschundener Körper besteht aus Milliarden Zellen, und dennoch bist du nur ein Schatten. Du wirst nie wirklich sein, solange du nicht dein wahres Wesen erkennst. Sage mir, wer fügt dir Leid zu? Woher stammen deine Narben, und wer schlug dir die Wunden?"

Weinerlich antwortete Bescheriyet: „Nun, was soll ich tun? Die Menschen, aus denen mein Körper besteht, sind es, die mich leiden lassen. Ihnen hab ich diese Narben zu verdanken, und sie sind es, die mir Wunden zufügen."

„Siehst du", sagte das Oberhaupt, „und obwohl du dies weißt, fragst du uns nach einem Heilmittel. Ein jeder von uns hat dir zu seiner Zeit einen Weg gewiesen, und dennoch bist du unachtsam mit dir selbst. Du wirst deshalb nicht eher genesen und von deinen Wunden befreit, bis dein ganzer Leib von Achtsamkeit durchdrungen ist. Denn die Achtsamkeit ist die Pforte, durch die du treten mußt, um in den Garten der Wahrheit zu gelangen. In diesem Garten wächst in einem Rosenhain die Rose der Glückseligkeit."

„Wie", unterbrach Bescheriyet, „finde ich diese Pforte, und wenn ich in den Garten gelange, wie kann ich die Rose erkennen?"

„Die Pforte findest du in deinem Herzen, wenn du sie durchschritten hast, so folge der Nachtigall des Vertrauens. Sie wird dir die Rose zeigen, dir ihren Namen nennen, und wenn sie sich dir öffnet, erkennst du den Duft der allesumfassenden Liebe."

Bescheriyet blickte das Oberhaupt unentwegt an, und es war, als würde die Nähe dieses Menschen ihn beleben, ihm neue Kraft geben, und seine Züge strafften sich, langsam richtete sich der Körper auf. Das Oberhaupt sprach weiter: „Vertrauen sollst du, vertrauen ... Es wird dich in deiner Achtsamkeit unterstützen. Gehe den Weg, den ich dir gewiesen habe, sei wachsam, vertraue auf die Führung in dir."

Plötzlich sah ich das lächelnde Gesicht des Oberhauptes dicht vor mir und fühlte, daß ich Bescheriyet war!

*
* *

Da öffnete ich die Augen, doch Aynali Baba war nicht zu sehen. Ich richtete mich auf und blickte umher. Da sah ich einen Zettel neben mir liegen, ich hob ihn auf, und während ich die Worte darauf immer wieder und wieder las, verschwammen die einzelnen Buchstaben vor meinen Augen im Strom meiner Tränen. Bis zum Abend saß ich auf dem Platz im Friedhof. Immer wieder sah ich die letzten Worte Aynali Babas: „Sei wachsam, es kommt der Tag, da wir uns wiederbegegnen."

Zweiter Teil

Im Irrenhaus von Manisa

Lieber Radjī! – Ich vermutete schon, daß für dich nach dieser Zeit der Trunkenheit die Zeit der Krankheit beginnen würde. Doch meine Vermutung war nicht aus grundsätzlicher Sicht verkehrt, sondern nur in der Form. Während ich annahm, daß du von einer Krankheit wie Blutarmut, Tuberkulose oder ähnlichem ergriffen werden würdest, hat dich nun eine Krankheit erwischt, für die ich noch keinen Namen gefunden habe. Nein, das ist auch nicht richtig, es ist nicht so, daß ich dafür keinen Namen habe. Ich habe erfahren, daß du von einer Krankheit befallen wurdest, für die ich keinen eleganten Namen gefunden habe. Ich kann deine Krankheit nur als „Dummheit" bezeichnen.

Mein Lieber, was ist los mit dir? Was ist das für ein Zustand? Wenn ich daran denke, daß du auf dem Wege der Wahrheit und Wissenschaft mein Führer und Lehrer bist, könnte ich vor Verzweiflung den Verstand verlieren. Ich denke an die vergangene Zeit: Als wir während unserer unvergleichlichen Gespräche am Strand des Meeres saßen und du uns in den Naturwissenschaften und in der wirklichen Wahrheit unterrichtetest. Ich kann es nicht vergessen und deinen heutigen Zustand nicht verstehen.

Ich frage mich, ist der heutige Radjī der gleiche freundliche Lehrer Radjī, oder ist er ein Beispiel der hundertmillionenfachen menschlichen Dummheit?

Was suchst du? Was willst du? Wenn deine Entdeckungen, deine technischen Erkenntnisse das seit altersher überlieferte und bekannte Wissen nicht zum Einsturz bringen, so ist es nicht möglich, dein jetziges Verhalten anders denn als Dummheit höchsten Grades zu bezeichnen. Was suchst du? Das ewige Leben? Ach, du Bedauernswerter. Was hast du in diesem kurzen Leben nicht schon alles erreicht, daß du nun auch noch das Ewige suchst?! Ich frage dich: Was gibt es im Leben? O, wie richtig finde ich das, was der Philosoph Ten sagt: „Die Menschen sind von ihrem Wesen und ihrer Erziehung her Narren, und wenn sie durch Zufall einmal Verstand haben, so verstehen sie doch nichts!“

Wie wahr! Wenn die Menschen nur einen Funken Verstand hätten, würden sie nicht das ewige Leben suchen, nein, nicht einmal das jetzige vergängliche würden sie auf sich nehmen, denn es ist eh sinnlos und nur ein kurzes Jammern und Klagen.

Und außerdem ist dieses durch einen universellen Unfall entstandene Leben nur durch ein bißchen Freude und Vergnügen, das es in sich birgt, zu ertragen.

Schon in der Zeit, da die Menschen als wilde Barbaren lebten, begannen sie, den von ihnen erfundenen Wörtern Leben zu geben und sie mit den Farben der Vorstellung zu schmücken. So haben sie im Laufe der Zeit eine Kette von Empfindungen hervorgebracht. Sie ist in den Jahrhunderten angewachsen, und wir haben sie wie eine Erbschaft erhalten. Sie sind wie Farbtupfer, die dem eigentlich sinnlosen Leben etwas Buntes geben, und wir lassen uns betrügen und meinen so, daß das Leben noch einen Sinn hätte. Siehst du, das ist es, was einem das Leben widerlich werden läßt.

Du bedauernswerter Narr. Was suchst du eigentlich? Die Körper, die Materie, diese Illusion, diese sich widersprechenden Ideen und Gedanken, dieses Narrenspiel, reicht es dir immer noch nicht?

Mußt du jetzt auch noch irgendwelchen geistigen Spinnereien nachlaufen?

Anstatt dich wie zuvor zu vergnügen und die Welt Welt sein zu lassen, plagst du dich mit Phantastereien herum.

Mein bedauernswerter Freund, mein Lehrer! Ich weiß nicht, ob du meinen tiefen Kummer und meine Verzweiflung spüren wirst, wenn du diesen Brief liest. Denk an deine Freunde und sei wieder du, der Radjī, den wir alle kennen und lieben.

Sie sagten mir, daß ... Aber ich will es nicht glauben, ich konnte mir nicht verkneifen, dir diese Zeilen zu schreiben. Antworte mir. Um unserer Freundschaft willen, antworte mir ...

Lieber Sami! – Ich habe deinen Brief erhalten. Um unserer Freundschaft willen habe ich die Welt der Visionen für fünf bis zehn Minuten verlassen und bin in diese einer finsteren Grube ähnlichen Welt getreten.

Du Kind! Du schreibst, daß die Welt ein Irrenhaus sei und die Menschen eine Herde Verrückter. Nun, warum entsetzt dich dann meine Verrücktheit? Wahrscheinlich weil sich meine Verrücktheit von der der anderen unterscheidet.

Ja, lieber Freund, ich suche die Visionen, die sich hinter den Visionen verbergen. Aber es ist schade, ich finde sie nicht. Doch eigentlich ist es nicht so, daß ich sie nicht finde ..., wie soll ich es formulieren ...?

Es gibt nichts zu den Wahrheiten der Naturwissenschaften zu sagen. Aber die Existenz einer Wahrheit kann nicht einer anderen hinderlich sein. Manche gibt es, die vor Wahrheiten, welche den Beginn und das Ende zu unterscheiden suchen, nicht bestehen können.

Ich habe die Absicht gefaßt, diese Welt nicht eher zu verlassen, bis ich erkannt habe, warum wir leben, wozu wir auf diese Welt kommen, was wir werden und wer uns hierher geschickt hat. Ach, was würde ich darum geben, wenn ich auf all diese Fragen eine naturwissenschaftliche Antwort geben könnte. Auf diese mein Wesen belastenden Fragen gibt es keine zufälligen Antworten.

Um die Wahrheiten über den Grund unseres Hierseins und dessen, was mit uns werden wird, zu leugnen, müßten wir stumpfsinnig, gefühl- und herzlose Wesen sein oder die Erkenntnis und Wahrheit der gegenständlichen Wissenschaft negieren. Es gibt Dinge, die wir nicht mit unseren normalen Sinnen erkennen können, obwohl sie die gleiche Realität besitzen wie das Fühl- und Erkenn- und Sichtbare.

Ich habe versucht, die Antwort auf meine Fragen in den gegenständlichen Wissenschaften zu finden, doch es war nicht möglich. Dann betrat ich eine sonderbare Welt. Sie hatte ihre eigene Realität und das, was ich darin fand, hat schon viele, die die gleichen Fragen hatten, zufriedengestellt und überzeugt. Aber ich ...?

Weit entfernte Welten, die nie ein Teleskop erfaßte, erblickt mein inneres Auge. Die Geheimnisse der sichtbaren und unsichtbaren Welten sind mir offenbar geworden. Ich bin so ein geistiges Wesen geworden, daß es für mich keine Entfernung, keinen Raum und keine Zeit mehr gibt. Nichts verbleibt, was ich nicht mit meinem inneren Auge erschaut hätte.

Die materielle Welt steht unter meinem Befehl, und die Welt der Bedeutung befindet sich unter meinem Willen. Trotz alledem bin ich immer noch hungrig. Mein Geist hat noch nicht die Nahrung gefunden, die ihn zufrieden macht und sättigt. Ich suche und suche. Was ich suche, fragst du? Nichts, nichts!

Mein lieber und teurer Sami, warum denkst du, daß ein Verrückter für dieses Irrenhaus zuviel sei? Ich verstehe dich schon, ich tue dir leid, und ich danke dir für deine Anteilnahme. Aber wie Opiumsüchtige trotz des körperlichen Verfalls Gefallen an ihrem Rausch finden, wie sie Genugtuung verspüren, so bin auch ich. Die größte Freude empfinde ich in dem rastlosen Suchen meines Ichs nach den verborgenen Dingen.

Neulich ging ich auf einem Friedhof spazieren. Ein Friedhof ist für mich ein Observatorium für die Ruhelosen dieser Welt, und ich zähle mich zu ihnen. Also ich ging auf dem Friedhof spazieren und begegnete einem Verrückten.

Er spielte mit einer kleinen Waage, die er von irgendwo her hatte. Ich fragte ihn, was er mache, und erhielt als Antwort: „Ich wiege die Dummheit mit der Weisheit auf."

„Und was willst du erreichen?"

„Mein vorhandenes Gut erkennen."

„So? Und was hast du gefunden?"

„Meine Dummheit ist so schwer, daß ich denke, Krösus zu sein."

Was bedeutet dies? Es ist schwer zu erklären. Aber siehst du, das ist mein Zustand. Wenn ich etwas von dieser Welt benötigt hätte, so hätte ich dich darum gebeten. Aber ich brauche nichts.

Zum Schluß habe ich noch eine Bitte: Vergiß mich! Ja, sorge dich nicht und laß mich zufrieden.

*

* *

Zwei Monate nach diesem Briefwechsel fuhr Sami nach Manisa. Seine Absicht war, seinen Lehrer und allerbesten Freund zu treffen und ihn von diesem *Melāmī*-Leben[55] zu erretten.

Er fand Radjī auf dem Ayn-i Alī Sultān Friedhof. In seiner abgerissenen Kleidung sah er wie ein Bettler aus.

Als Sami den Friedhof betrat, bemerkte er Radjī zwischen Malvensträuchern an ein Grab gelehnt. Eine Frau, die vor ihm den Friedhof betreten hatte, schritt direkt auf Radjī zu. Beide erreichten ihn zur selben Zeit, und Radjī begrüßte die beiden Besucher mit bemerkenswerter Gleichgültigkeit.

Sami versuchte diese Statue durch einen Begrüßungskuß zu beleben, aber alle Mühe war umsonst, und vergebens suchte er in den scheinbar stumpfen Augen einen Funken des Lebens und der Zuneigung. Da sagte Radjī: „Sami! Weshalb bist du gekommen? Einen Grabstein zu betrachten?"

Sami war ernsthaft erstaunt. Er konnte nicht glauben, daß der Mensch vor ihm Radjī sein sollte, von dem er soviel gelernt hatte, ja, dem stark nachzueifern sie alle bemüht gewesen waren.

Mit fassungslosem Erstaunen betrachtete er seinen Freund. Radjī sprach wieder: „Frau, warum bist du gekommen?"

Die bedauernswerte Frau mußte viel gelitten haben, eine Tränenflut schoß aus ihren Augen, als sie antwortete:„O mein Scheich! *Medjzūb Efendi*![56] *Evliya Bey*![57] Meine arme Nefise, meine Tochter. O Gott! Fünfzehn Jahre ist sie alt, ihr Geist ist verwirrt. Ich habe nichts bemerkt. Ach, woher hätte ich es auch wissen sollen, daß sich meine Tochter verliebt hatte. Niemandem hat sie etwas gesagt. Still hat sie geliebt und gelitten. Sie hatte sich in den Sohn von Lutfullah Bey verliebt, und nun ist dieser junge Mann vom Pferd gefallen, mit dem Kopf auf einen Stein geschlagen und hat sich den Schädel zertrümmert. Als meine Tochter dies erfuhr, ist sie verrückt geworden. Vor lauter Kummer und Schmerz warf sie sich immer wieder auf den Fußboden und begann, sich selbst zu zerfleischen. Die Nachbarn konnten sie trotz aller Mühe nicht festhalten. Wie eine Furie gebärdete sie sich, und wir mußten sie in das Irrenhaus bringen. Nun ist meine Nefise im Irrenhaus. Alles, was ich besaß, habe ich verkauft. An den Gräbern der Großen[58] habe ich Gelübde getan, habe Nefise besprechen lassen, habe verschiedene *Muska*[59] gekauft, und dennoch, nichts hat geholfen. Zum Schluß haben sie mich zu dir geschickt. Geh hin und laß nicht locker, der Mann ist nicht ganz geheuer, und sicherlich wird er deine Tochter wieder gesund machen, sagten sie. Ach, Evliya Bey. Um Gottes willen bitte ich dich, hilf meiner Tochter, mach sie wieder gesund."

Schluchzend weinte die arme Frau vor sich hin. Radjī verzog keine Miene, nicht ein Zeichen von Trauer oder Anteilnahme war zu erkennen. Sami war verwirrt, die Klage dieser armen Mutter hatte ihn zutiefst getroffen, während Radjī ungerührt dastand, und die Klage der Frau zeigte nicht mehr Wirkung als der Ton einer Flöte.

Sami empörte sich über soviel Kälte und Gefühllosigkeit, und in einem Zustand aus Erstaunen und Abscheu konnte er sich nicht mehr beherrschen und fuhr Radjī erregt in einem schneidenden Tonfall an: „Wenn ich nicht wüßte, daß du dein geistiges Gleichgewicht verloren hast und deswegen nicht für dein Tun verantwortlich bist, würde ich dich dieser Gefühllosigkeit wegen der Gemeinheit anklagen."

Radjī hatte sich in der Zwischenzeit gesetzt, doch nun erhob er sich wieder und antwortete mit einer den Verrückten eigenen Erregtheit: „Ich? Ich habe mein geistiges Gleichgewicht verloren? O du dummer Narr! Wie die Dummen und Unverständigen läßt du dich von dem Drama des Lebens erdrücken. Ich überlegte, was die Liebe sei, da es keine Zweiheit, sondern nur eine Einheit oder ein Eins-Sein gibt. Wie kann es sein, daß ein Mensch sich selber lieben kann? Ich überlegte: Wenn ich, du, die Luft, der Stein, das Eisen alles eins ist, warum weint dann das Eisen nicht, warum wird der Stein nicht irre, warum fleht die Luft nicht? Nur der Mensch ..." Er begann auf merkwürdige Art und Weise lauthals zu lachen. „Siehst du, nur der Mensch weiß nicht mehr, was er denken soll, wenn er mit solchen Narren wie euch Freundschaft schließt. Ich sagte, daß dieses Eisen nicht weinen kann. Wer sagte das? Wo liegt der Unterschied zwischen einem Stück Eisen und der Frau? Dann frage ich, wer weint und wer weint nicht?" Er faßte Sami am Arm und verdrehte ihn. „Sieh! Ich habe diesen Arm verdreht. Doch wenn du nicht da wärst, wer könnte deinen Arm verdrehen? Tatsächlich aber wird er verdreht. Warum? Auf dieses Warum gibt es keine Antwort. Warum gibt es Liebe? Warum Freude? Warum Verdammnis? Warum, warum ...? Es gibt keine Antwort, oder? Ein fünfzehnjähriges Mädchen, ein zwanzigjähriger Jüngling ... Nun gut, der Jüngling könnte das Mädchen heiraten, und sie könnten glücklich sein. Aber nein! Der Jüngling fällt vom Pferd, das Mädchen wird wahnsinnig ... Warum? Wieder keine Antwort. Nun, wozu lebt diese alte Frau noch? Was habe ich zum Beispiel noch für Freude am Leben? Keine! Und da stirbt ein junger Mann, und ein junges Mädchen wird vom Wahnsinn befallen; aber ich und eine alte Frau leben. Aber weißt du, was das Sonderbare daran ist? Niemand weiß, warum das so ist, niemand, niemand, niemand. Diese alte Frau tut dir leid, ich nicht. Ihre Tochter ist wahnsinnig geworden, so weit so gut. Aber mein Geist, meine Seele, meine Natur, mein ... ist verrückt geworden. Aber das Auge des Menschen nimmt nur das Niedrigste der Freude und des Leides wahr. Oh ... oh ...! Wie habt ihr mich nur gefunden? Mich, der ich dabei bin, die Gegensätzlichkeiten des Seins aufzulösen. Warum habt ihr mich zurückgeholt? Wozu habt ihr mich wieder in die Welt des Warums heruntergeholt? Oh ... oh ...! Ein Sein ohne Warum. Was ist der Unterschied zwischen dir und diesem verrückten Mädchen und zwischen mir und diesem Gesteinssplitter? O Sein ohne Warum!“

DA DIE Nervenkrise von Radjī die Form gemeingefährlichen Irreseins annahm, wurde er wieder in die Anstalt eingeliefert. Als nach einigen Tagen die schwere Krise abklang, verlegte man ihn in die Abteilung für weniger schwere und leichte Fälle, und mit diesen wurde er in einem Hof zusammengelassen.

In der Mitte des Hofes stand ein Wasserbecken, oft badeten die Verrückten darin, und daraufhin liefen sie oft splitternackt umher.

Zu der Zeit, in der sich dies alles ereignete, befand sich die Irrenanstalt von Manisa in einem unbeschreiblichen Zustand. Es war ein total verkommener und verdreckter Ort. Die Betten, in denen die Kranken lagen, starrten vor Dreck, und das Essen war ein ungenießbarer Fraß.

Die Kranken erhielten nur von den sie besuchenden Angehörigen zufällig einige Sachen durch die Gitter des Hofes gereicht. Manche der Kranken, die Genießbares und Ungenießbares nicht unterscheiden konnten, aßen auch Nichteßbares.

Außer dem Wasserbecken gab es nichts, was einer modernen, zeitgemäßen Therapieform entsprach. Die Verrückten wurden immer noch mit nutzlosen Tätigkeiten beschäftigt, Kranke, die sich nicht ruhig verhielten, wurden geschlagen. So hatte das Schicksal Radjī nun in so eine Irrenanstalt verschlagen.

Es war leicht, in diese Anstalt zu kommen. Der Auffassung der Wärter nach war jeder, der hier eingeliefert wurde, ein Verrückter, und da es für sie keine Richtlinien gab, war es unsagbar schwer, wieder herauszukommen. Und gerade über die Insassen dieser Irrenanstalt breitete sich der Mantel des Vergessens, wenn sich von draußen niemand um sie kümmerte. Radjī war fremd in dieser Provinz, er hätte schon längst entlassen werden können, doch niemand kümmerte sich darum.

Und außerdem gab es für einen Menschen wie Radjī neben dem Friedhof nur noch das Irrenhaus, wo er Vergnügen und Ruhe fand. Das Verhalten der Irren lenkte Radjī von seinen Gedanken ab, und deswegen unternahm er auch nichts, um herauszukommen.

Fünfzehn Tage waren seit der Einweisung Radjīs vergangen, als die leichter erkrankten Verrückten sich mit einem Neuankömmling beschäftigten. Dieser Neue gefiel den alten Anstaltsinsassen sehr. Als er mit gemessenen Schritten und lächelndem Gesicht durch das Wasserbecken im Hof lief, riefen die Verrückten wie aus einem Munde: „Aynali, Aynali, Aynali ... “

Durch dieses Geschrei wurde Radjī auf die Szene aufmerksam, erhob den Kopf und stieß einen schrillen Begeisterungsschrei aus. Der neue Verrückte war der, um dessen Willen er, in der Hoffnung, ihn zu finden, durch halb

Anatolien gezogen war und den er jemals wiederzusehen jede Hoffnung aufgegeben hatte, nachdem er nirgends eine Spur von ihm entdeckt hatte: Aynali Baba. Radjī sprang auf, er flog förmlich auf Aynali Baba zu und ergriff dessen Hände ...

Die Ausflüge in die Welt der Visionen, welche auf dem Friedhof der Stadt des Dede begonnen hatten, fanden nun in der Irrenanstalt von Manisa ihre Fortsetzung.

Und Radjī? Er begann die Tiefen der menschlichen Seele am Beispiel seiner Anstaltsgenossen zu erforschen und brachte seine Beobachtungen zu Papier – ist dies, die Verrücktheit der Verrückten zu untersuchen, doch vielleicht das vernünftigste, was diejenigen tun können, die sich für verständig halten.

Meine Freunde die Verrückten

Meine Freunde im Irrenhaus waren wegen verschiedener Ursachen in ihren jetzigen Zustand des Irreseins oder des Wahnsinns geraten. Und unter diesen gab es einige, mit denen ich mich näher beschäftigte. Die Form, die die Verrücktheit bzw. der Wahn manchmal annahm, stimmten mich sehr nachdenklich. Ich dachte darüber nach, ob die Verrücktheit ein Glück oder Unglück war. Alles auf dieser Welt geschieht nach dem Gesetz der Kausalität von Ursache und Wirkung. Nach diesem Prinzip ist der Wahnsinn ein Zustand, den man mal als Glück und mal als Unglück auffassen kann.

Größenwahn

Unter den ungefährlich Verrückten befand sich ein Gendarm, er hielt sich für einen Offizier. Jeden Tag setzte er sich in eine Ecke und verfiel in tiefes Nachdenken. Stundenlang saß er so da, bis er plötzlich zufrieden lächelnd aufstand und ging. Eines Tages sprach ich ihn an und fragte, was in ihm vorging. Er begann zu erzählen: „Ungefähr tausend Räuberbanden gab es in unserem Land, die Schwarzen, die Weißen, die Grünen, die Dunkelblauen ... Alle gingen in die Berge. Da ich der Oberkommandierende aller türkischen Regimenter war, erhielt ich vom Großwesir den Auftrag, diese Räuber und Wegelagerer gefangenzunehmen. Tausend Kompanien ließ ich aufstellen, dann legte ich meinen Verstand in einen Teller und teilte ihn in tausend Stücke. Jedem meiner Unteroffiziere legte ich ein Stück davon in die Satteltasche. Wenn die Unteroffiziere nun nicht mehr weiterwußten, so griffen sie in die Satteltasche, holten das Stückchen meines Verstandes heraus und berieten sich mit ihm. Und so habe ich alle Wegelagerer und Räuber gefangen, niemand blieb verschont. Mein Erfolg kam dem Sultan zu Ohren, er gab mir vierzig Dienerinnen, eine Kamellast Gold und verlieh mir fünfhundert Orden. Nun war meine Verzweiflung groß. Mit den Orden, die ich schon vorher verliehen bekommen hatte, konnte ich zwanzig Räume füllen, wie konnte ich sie jemals alle tragen? Zu guter Letzt gelang es mir, das Problem zu lösen: Ich mietete einen Eisenbahnzug. Nun konnte ich all meine Orden überall hin mitnehmen. Ich ließ die Orden an den Wänden der Waggons befestigen und in großer Schrift folgenden Text anbringen: ‚Die Ehrenzeichen sind die Orden des Offiziers Djirtlak Effe.‘ Eine andere Möglichkeit gab es nicht. Was nützen die Orden, wenn man sie nicht herumtragen und allen zeigen kann?“ Dieser arme Mensch gehörte zur Klasse der glücklich Verrückten. Ich dachte, daß es von seiner Art Hunderttausende gibt und die Welt vielleicht ein großes Irrenhaus ist.

Das Hafis-Duo

Einer der beiden war ein richtiger *Hafis*[60], der andere ein Kutscher. Daß man sie Hafis-Duo nannte, lag daran, daß der Kutscher den anderen jederzeit nachzuäffen bemüht war.

Die „Normalen“, die an das Eisengitter der Anstalt kamen, um die Verrückten zu sehen oder zu besuchen, gaben den Insassen der Anstalt aus Mitleid oft kleine Geschenke wie Zucker, Kaffee, Tabak und dergleichen. Aus diesem Grunde rannten manche der Verrückten, die habgierig und gefräßig waren, sofort zum Gitter, wenn sie einen Besucher oder Zuschauer sahen, machten ihre Späße und Narreteien und bettelten um Tabak und ähnliches.

Da der Hafis es gewohnt war, bei Kranken, vor Hochzeitsgästen und bei anderen Gelegenheiten etwas aus dem Koran zu rezitieren, sprang er sofort auf und eilte zum Gitter, wenn er einen Besucher bemerkte, setzte sich auf die Knie und begann zu rezitieren. Der Kutscher wollte auch Nutznießer sein, setzte sich neben den Hafis und begann, ihm nachzusprechen, so gut er konnte.

Der arme Hafis unterbrach hin und wieder seinen Vortrag und sagte zu den Zuschauern: „Der ist kein Hafis, hört nicht auf ihn."

Aber sofort fiel der Kutscher ihm ins Wort und rief: „Hört nicht auf das, was er sagt. Der Bedauernswerte ist verrückt."

Eines Tages fragte ich den falschen Hafis, warum er vorgab, ein Hafis zu sein. Er sagte: „Neunzig von hundert Leuten, die den Hafis hören, sind nicht in der Lage zu unterscheiden, ob der Hafis richtig oder falsch rezitiert. Wenn nun jemand ihnen in der Art des *Tedjwid*[61] etwas vorträgt, so denken sie, es sei aus dem Koran, sie wiegen nur die Köpfe hin und her. Unser Hafis gehört auch nicht zu denen, die verstehen, was sie da lesen. Und so würden viele der Zuschauer sogar schwören, daß ich ein Hafis sei."

Der Besserwisser

In unserem Volk gibt es eine Gruppe Menschen, die alles besser wissen, auch wenn sie von nichts eine rechte Ahnung haben. Sie sind nicht Ärzte, schätzen diese aber gering und empfehlen allen, denen sie begegnen, irgendwelche Arzneien. Auch wenn sie nie verheiratet waren, geben sie jungen Leuten gute Ratschläge, was sie tun und beachten sollen, wenn sie heiraten wollen. Sie bauen sich für teures Geld ein Haus, das schlimmer als ein Stall aussieht, und lassen trotzdem den Baumeister *Sinān*[62] nicht neben sich gelten. Und was nicht noch alles.

Nun, einem solchen Schlauberger gehörten einige große Weingärten. Da er aber nicht zu wirtschaften verstand, verlor er einen Teil seines beachtlichen Vermögens. Und obwohl dieser Verlust seinen Verstand schon beeinflußte, genügte es nicht, ihm diesen ganz zu nehmen. Eines Tages wurden seine Rebstöcke krank, und er hörte davon, daß daran kleine Tierchen schuld seien. Die Empfehlungen des Landwirtschaftsinspektors kamen ihm dumm und ungenügend vor, und so begann er selbst einige Mittel auszuprobieren bzw. herzustellen. Er überlegte sich, daß Rebläuse durch Quecksilber vertrieben werden, und wie auch immer wurden einige der Rebstöcke wieder gesund. Doch dies reichte ihm natürlich nicht, so nahm er das Quecksilber, besorgte sich noch einige, seiner Vorstellung nach gute, Vertilgungsmittel und vermischte alles zu einer dicken Paste, die er nun auf die Rebstöcke auftrug. Und das Ergebnis? Nun, es war das gleiche wie die Empfehlung des Dr. Eisenbart für die Behandlung von Zahnschmerzen ... Dieser sonderbare Mensch empfahl nämlich für die Behandlung der Schmerzen die Entfernung des Kieferknochens. Hatte der erste Verlust ihn schon schwer getroffen, so reichte das Ergebnis seiner Rebstockbehandlung, ihm endgültig den Rest seines Verstandes zu nehmen, ohne daß er jedoch aufgab, alles besser zu wissen.

Wiedersehen mit Aynali Baba: Im Reich der Ameisen

Das wahre Wissen des Menschen
ist es, zu erkennen und zu bestätigen,
daß er nichts weiß.

Lange Zeit war ich nicht mit Aynali Baba zusammengekommen. Bei der ersten besten Gelegenheit eilte ich zu ihm, er saß vor seiner Hütte auf dem Namazgāh Friedhof. Seine ersten Worte waren: „Mein Sohn, wo warst du? Du hast mich lange warten lassen."

„Manchmal läßt es sich nicht vermeiden. Ich würde lieber meine Zeit mit Ihnen verbringen", antwortete ich.

Nachdem wir eine Weile über Gott und die Welt geplaudert hatten, sagte er: „Genug davon, mein Lieber. Laß uns zusammen einen Kaffee trinken." Dann nahm er die Djeswe und bereitete wie immer den Kaffee, und wir tranken das stark gesüßte Getränk.

*
* *

Ich fand mich in einem großen, von tausend Gängen durchzogenen Ameisenhügel in der Gestalt einer Ameise wieder. Verwundert und verwirrt blickte ich umher und begann meine Umgebung zu untersuchen. Ähnlich wie die Menschen in gesellschaftliche Klassen unterteilt sind, gibt es auch bei den Ameisen verschiedene Gruppen. Allerdings unterscheiden sich die Klassen der Ameisen doch von denen der Menschen. Zwischen den Klassen gab es hier keine sichtbaren Rangunterschiede, ob hoch oder niedrig, war nicht festzustellen. Es gab mehrere hunderttausend Ameisen in diesem Bau, sie waren in die Gruppen des Adels und der Arbeiter aufgeteilt. Was mich sehr verwunderte, war die Tatsache, daß sie auch über eine eigene Sprache verfügten, in der sie sich verständigten und so alle geistigen und materiellen Belange befriedigen konnten. In unserem Bau gab es hervorragende Schulen, Lebensmittellager, Schlafsäle, Versammlungsräume, kurzum, hier gab es alles, was eine entwickelte Gesellschaft für ihr Leben benötigte. Die ganze Pracht und Herrlichkeit einer großen Stadt war vorhanden.

Noch sonderbarer war es, daß diese Gesellschaft der Ameisen im Verhältnis zur menschlichen viel weiter entwickelt war. Vor allem zeichnete sich ihre Gesellschaftsordnung durch die Art, den Lebensunterhalt zu sichern, und der dabei angewandten Arbeitsmethoden aus.

Bezüglich der ökonomischen Entwicklung und der Haushaltsführung waren im Vergleich zu den Strukturen der menschlichen Gesellschaft nicht wiederzugebende Unterschiede festzustellen. Doch das auffälligste und am weitesten entwickelte Gebiet war das Erziehungswesen.

Hier waren die Ameisen den Menschen weit voraus, und das gleiche traf für den Bereich der Gleichheit und Gerechtigkeit zu. Dies fand unter anderem seinen Niederschlag auch darin, daß die Unterrichtsräume an hervorragenden Stellen des Baues lagen und alle nur erdenklichen Voraussetzungen an Größe und Komfort boten.

Die Gefängnisse waren auch nach den neuesten Erkenntnissen eingerichtet, sie waren hell und freundlich und trugen auch allen medizinischen und psychologischen Belangen Rechnung, aber sie waren sehr klein, weil sie so gut wie gar nicht benötigt wurden. Das Rechtssystem war derart gestaltet, daß niemand wegen eines Deliktes verurteilt werden konnte, ohne daß nicht untersucht und berücksichtigt wurde, inwieweit die Gesellschaft bzw. der Staat seine Fürsorgepflicht vernachlässigt hatte und so die Voraussetzung für die Handlungsweise des einzelnen geschaffen hatte und somit mitschuldig war. Das bedeutete nicht, daß jeder einzelne reglementiert und überwacht wurde, aber man ging davon aus, daß die Gesellschaft ein Körper aus vielen Zellen war, und auf jede dieser einzelnen Zellen kam es an, wenn der Körper gesund sein sollte. So betrachtet konnte das ganze nur unter Berücksichtigung der Bedürfnisse des einzelnen und der Förderung seiner individuellen Wesenszüge als Notwendigkeit einer gesunden Persönlichkeit bestehen.

Das Wesentliche jedoch war ein allgemein bewußtes Zusammengehörigkeitsgefühl, und daraus entstand eine soziale Struktur, die dem einzelnen das Gefühl der Freundschaft und Geborgenheit vermittelte. Aus diesen Gründen gab es also so gut wie keine Verurteilungen, die Todesstrafe war gänzlich unbekannt. Dieses Gefühl der gegenseitigen Achtung und Fürsorge war der Motor der ganzen Gesellschaft und oberstes Gebot, dem sich alle verbunden fühlten.

Ich war der Sohn einer der Aristokraten unter den Ameisen. Für meine Ausbildung standen sieben alte Lehrer aus der Klasse der Arbeiter bereit. Diese Gelehrten waren wegen ihrer Weisheit und Tugend nicht nur in unserem Bau, sondern auch in den benachbarten Bauten bekannt. Sie waren schon in einem so fortgeschrittenen Alter, daß sie mich als ihren letzten Schüler angenommen hatten, damit ich ein meinem Volke nützlicher Diener werden könnte. Durch diese ausgezeichneten Lehrmethoden vermittelten sie mir ihr ganzes technisches und geisteswissenschaftliches Wissen. Nun war ich viel auf Reisen, um mein Wissen praktisch zu festigen und auszuwerten.

Als meine Dienerschaft bemerkte, daß ich vom Schlaf erwacht war, wurde mir sofort mein Frühstück gebracht: ein fetter Fliegenschenkel und ein halbes Weizenkorn.

Kaum hatte ich meine Mahlzeit beendet, als einer meiner Lehrer zu mir kam und den Grund seines Kommens mitteilte: „Mein Prinz, Sie wissen, welch sonderbares Naturereignis sich jedes Jahr auf dem harten und unfruchtbaren Gelände nördlich von unserer Stadt ereignet. Wie wir von den Angehörigen der zweiten Klasse des Gymnasiums, die gerade von einer naturwissenschaftlichen Exkursion zurückgekehrt sind, erfuhren, hat dieses Naturereignis nun wieder begonnen. Es hat schon zu Kontroversen unter unseren Wissenschaftlern geführt, doch niemand kann sich die Ursache für diese immer wieder auftretenden Ereignisse erklären. Sie müssen wissen, daß während des Tages, wenn die Sonne mit aller Kraft ihre lebensspendenden Strahlen auszusenden beginnt, der Himmel plötzlich von überall auftretenden dicken und formlosen Wolken verdunkelt wird. Diese Wolkenfetzen lösen sich dann nach einiger Zeit wieder von selbst auf und verschwinden. Aber was ist der Grund für diesen Wetterumschwung? Sie wissen, daß diese Ereignisse nicht nur durch Logik und Verstand zu erklären sind. Es bedarf weiterhin eingehender Untersuchungen und Forschungen. Sie wissen auch, daß seit einiger Zeit auf verschiedenen Gebieten geforscht wird, viele Rätsel der Natur wurden bereits gelöst und viele allgemein anerkannte Erkenntnisse gewonnen. Aber für dieses sonderbare Naturphänomen, diesen Wetterumschwung, hat noch niemand eine Erklärung gefunden. Einer ihrer ehrwürdigen Lehrer wird nun einen Vortrag halten, in dem er die Ergebnisse seiner tiefgehenden Forschung vorstellen will. Wenn Sie es für angebracht halten, so lassen Sie uns auch diesen Vortrag besuchen. Wir müssen aber sofort aufbrechen. Der Vortrag findet auf dem bewußten Gelände statt, und alle Schüler der Mittelschule und des Gymnasiums nehmen daran teil."

In einer großen Gruppe machten wir uns auf den Weg zu diesem merkwürdigen Gelände. – Sonderbar und höchst verwunderlich war die Tatsache, daß ich über meine menschlichen Gefühle und mein Wissen verfügte und zugleich das Bewußtsein und das Verständnis einer Ameise hatte.

Endlich erreichten wir unser Ziel. Mit den Augen einer Ameise betrachtet sah das Gelände wirklich sonderbar aus und wies merkwürdige, riesige Gebilde auf. Es war einer Untersuchung und eines Vortrages wert. Aber mit den Augen eines Menschen betrachtet war es eine breite, mit großen Kopfsteinen gepflasterte Straße, rechts und links befanden sich herrliche Geschäfte und prächtige Wohnhäuser. Während ich noch bemüht war, die Eindrücke dieser beiden Perspektiven zu verarbeiten, begann der Wissenschaftler mit seinem Vortrag:

„MEINE HERRSCHAFTEN! – Das Bemerkenswerteste an dieser Landschaft sind die großen, würfelartigen Gebilde mit den dazwischenliegenden gradlinigen Kanälen. Die Würfel sind mehr oder weniger glatt und von regelmäßigen Linien durchzogen. Aber der Grund für diese Gleichmäßigkeit konnte bisher von unseren Gelehrten nicht aufgeklärt werden. Ist es doch so, daß solche scheinbar mit der Hand gefertigten Dinge in der Natur nicht vorkommen.“

Es war an der interessantesten Stelle des Vortrages, als plötzlich durch die Hunderttausende zählenden Zuschauer ein Aufschrei ging. Ohne ersichtlichen Grund öffnete der Himmel plötzlich seine Schleusen, und ein orkanartiger Wolkenbruch ergoß sich über die Menge. In einem Augenblick wurden Tausende von heißen Wassermassen ertränkt und fortgespült. Das Wasser sammelte sich in den Kanälen zwischen den würfelartigen Gebilden und floß, weitere Tausende mit sich reißend, in wilden Strömen davon.

Jeder suchte sein Leben zu retten, doch für Tausende war es zu spät. Nach einem Augenblick des Schreckens und der Panik faßte ich mich wieder und war nun begierig, den Grund dieses sonderbaren Unwetters zu entdecken. Immer noch ergossen sich in Abständen ungeheuere Wassermassen vom Himmel. Als ich diese fürchterliche Katastrophe aus der menschlichen Perspektive wahrnahm, konnte ich mich vor Verwunderung und Lachen nicht mehr halten:

Wir hatten am Rande des Rinnsteins der als sonderbares Gelände bezeichneten Straße Aufstellung genommen. An dieser Stelle hatte eine Pferdedroschke gehalten. Während der Kutscher auf dem Kutschbock saß und vor sich hin döste, fraßen die beiden Gäule aus den vor ihnen hängenden Hafersäcken. Wie verabredet ließen sie zur gleichen Zeit Wasser. Und diese heiße Wasserflut, die den Ameisen zum Verhängnis wurde, war nichts weiter als die Pisse der beiden Pferde.

In unserem Bau war alles von Trauer und Schmerz über mein Ableben ergriffen, denn ich befand mich unter den Opfern dieses gewaltigen Unglücks.

Nun setzten die Wissenschaftler alles daran, die Ursache dieses Stromes auf dem sonderbaren Gelände zu ergründen. Jeder versuchte, auf seinem Gebiet eine Lösung zu finden.

Endlich entdeckte der größte Gelehrte für Naturwissenschaften in einem Buch aus seiner Bibliothek die Ursache der Katastrophe: Auf dem sonderbaren Gelände herrschte ein außerordentlich starkes Magnetfeld mit einer ungewöhnlichen Elektrisierung. In gewissen Abständen wird durch eine äußerst starke Aufladung die Luft derart verdichtet, daß es zu einer eigenartigen Wolkenbildung und daraufhin zu den bekannten orkanartigen Unwettern kommt.

Als ich diese wissenschaftliche Erklärung vernahm, sah ich vor mir wieder das Bild der friedlich fressenden und pissenden Gäule. Lauthals begann ich zu lachen und erwachte.

Aynali Baba lächelte, spielte mit irgend etwas herum und brummte vor sich hin:

„Die Sonne brennt, die Welt, sie dreht sich,
und eines Tages wird alles vergehen!
O du, der du dich der Wissenschaft
und der Weisheit rühmst,
weißt du, warum? Was ist der Grund?
Niemand kommt, und niemand geht,

niemand verwelkt, und niemand vergeht,
nicht gibt's die Rose noch den Dorn.
Weißt du den Grund? Was ist der Grund?
Jedes Atom ist einzig in seinem Wesen,
wer mag sein Schöpfer sein?
O Mensch, der du dich selber nicht kennst,
weißt du, warum? Was ist der Grund?
Sage ich Gott, wo ist der Sinn?
Ist nur ein Wort der Quell des Seins?
Noch einmal frage ich dich:
Weißt du, warum? Was ist der Grund?"

Leila und Madjnūn

Jeden Tag, wenn ich mit meiner Arbeit fertig war, eilte ich zu Aynali Baba, um mit ihm Gespräche zu führen, und mit der Zeit fieberte ich schon tagsüber danach. Ja, es war wie eine Art Sucht.

Eines Tages, ich hatte gerade meine tägliche Arbeit beendet, eilte ich wieder zu Aynali Baba, es war um die Zeit des Nachmittagsgebetes. Er saß im Schatten einer alten Platane und wartete scheinbar schon auf mich.

„Mein Sohn", sagte er, „ich bin heute etwas aufgekratzt und werde dir auf der Ney vorspielen."

Er begann sein Spiel auf der Ney, doch was heißt Ney, ich dachte Himmel und Erde würden von dieser Melodie widerhallen.

*

* *

Wieder betrat ich die andere Welt: Ich fand mich in der Stadt *Emel*[63] als Sohn einer reichen und bekannten Aristokratenfamilie wieder. Da ich der einzige Sohn meiner Eltern war, liebten sie mich abgöttisch. Überall sprach man in der Stadt Emel über meine Schönheit, mein Benehmen und meine Reife. Ich war zu einem starken achtzehnjährigen Jüngling herangewachsen. Jeden Morgen bestieg ich mein Pferd, ritt in die Rosenhaine, Gärten und Wälder vor der Stadt, und manchmal packte mich auch die Jagdleidenschaft. Wenn ich durch die Straßen und Gassen der Stadt ritt, rühmten die Leute meine Schönheit und riefen: „So sei denn Allah gepriesen, der beste Schöpfer, der die schönsten Geschöpfe erschuf."[64]

Die schönsten Mädchen der Stadt stellten sich in die erste Reihe, in der Hoffnung, daß mein Blick auf sie fallen würde. Doch hoch aufgerichtet saß ich auf meinem Pferd und würdigte scheinbar niemanden eines Blickes. Stolz wie ein Jagdfalke, den ich auf meinem Arm mit mir führte, ließ ich das Pferd durch die Reihen dieser hoffnungsvollen und von Sehnsucht erfüllten Menschen tänzeln.

Aber – ach, in meinem Herzen spürte ich ein mir unbekanntes Feuer, ein verlangendes Brennen. Und obwohl ich nicht wußte, was dieses Feuer, dieses Brennen bedeutete, war es in mir und ließ mir keine Ruhe. Schwermut erfaßte mich, und tiefe Trauer grub sich in meine Seele.

Eines Tages nun war es soweit, daß mir das Herz im Leibe zerreißen wollte, unbekannte Gefühle tobten in meiner Seele, Trauer? Freude? Was war mit mir geschehen? Ich wußte mir keine Antwort zu geben, griff nach meiner Laute, spielte, sang und weinte zugleich.

Dieses Gefühl, die Trauer, das Jammern, wurde mein täglicher Begleiter. Meine Gesichtsfarbe wurde immer bleicher, die Augen lagen tief in den Höhlen, die ganze Welt mit allen Wünschen und Freuden wurde für mich bedeutungslos.

Dieser Zustand verschlimmerte sich von Tag zu Tag und wurde natürlich auch von meinen Eltern bemerkt. Die Kunde meiner sonderbaren Krankheit verbreitete sich in der Stadt, und das Volk wurde von einer tiefen Trauer ergriffen. Die bekanntesten Ärzte wurden konsultiert, ich bekam verschiedene Tinkturen, Salben und Pillen verabreicht. Doch alle ärztliche Kunst war vergebens, zusehends verschlimmerte sich mein Zustand.

Endlich brachte man einen heilkundigen Einsiedler aus einem weit entfernten Dorf, der wegen seiner Weisheit und Magie berühmt war. Dieser alte Weise begutachtete die Heilmittel der Ärzte und schüttelte den Kopf. Offensichtlich war das richtige Mittel nicht darunter. Er befragte die Sterne, beriet sich mit den Dschinnen, versank in tiefe Meditation und sagte, nachdem dies alles vorüber war: „Mein Freund, Euer Sohn liebt, er ist liebeskrank."

Mein armer Vater fragte: „Verehrter Meister! Wen liebt er?"

„Niemanden! Und dies ist die gefährlichste, eine tödliche Art der Liebe."

„Verehrter Meister, so sagt uns, was sollen wir tun? Welches Heilmittel gibt es? Und wenn der Preis dafür unsere Seelen wären, so würden wir auch dieses Opfer bringen, damit unser Sohn leben kann."

„Mein Freund, die Liebe, die das Herz Eueres Sohnes verbrennt, ist die absolute Liebe. Das heißt, die ungebundene Liebe ohne Ziel. Man muß diese Liebe an etwas binden und dann sehen, ob oder wie dieses Liebesfeuer durch das Wasser der Vereinigung gelöscht werden kann. Wenn uns das nicht gelingt, ist sein Tod unabänderlich."

Meine Eltern waren außer sich vor Freude, denn für sie schien die Sache recht einfach durch eine Heirat zu lösen zu sein. Die schönsten und lieblichsten Mädchen im heiratsfähigen Alter wurden mir vorgeführt, und auf irgendwelche Rangunterschiede, auf die sonst sehr geachtet wurde, nahm man keinerlei Rücksicht. Aber keine konnte mein Herz berühren.

Mein Zustand verschlechterte sich wieder so sehr, daß ich bettlägerig wurde. Zusehends schwanden meine Kräfte, und mein ausgezehrter Leib wurde von Fieberkrämpfen geschüttelt. Meine bedauernwerten Eltern wußten weder aus noch ein.

Ich war nun auch nicht mehr in der Lage, auf meiner Laute zu spielen und zu singen. Aus diesem Grunde bestellte mein Vater in der Hoffnung, dadurch könnte sich mein Zustand verbessern, eine Gruppe der besten Musikanten und Sänger zu meiner Unterhaltung. Manchmal erfreute mich ihr Spiel und Gesang auch so sehr, daß ich etwas Linderung empfand.

Eines Tages, die Musiker hatten gerade ein sehr ergreifendes Musikstück beendet, vernahm ich die helle Stimme eines Ausrufers, der durch die Straßen und Gassen unserer Stadt zog.

„Ich verkaufe eine versiegelte Truhe. Ihr Wert ist tausend Goldstücke. Aber ich weiß nicht, was in ihr ist. Niemand weiß es, denn noch nie hat sie jemand geöffnet. Wer sie kauft, wird es bereuen, und der, der sie nicht kauft, auch."

Auch meine Eltern hatten die Stimme des Marktschreiers vernommen. In der Hoffnung, daß sich darinnen etwas zu meiner Erheiterung befinden könnte, erstanden sie die Truhe sofort. Zwei Diener brachten sie in mein Zimmer. Ich wurde sofort von einer unstillbaren und überwältigenden Neugier ergriffen und wollte sogleich die Truhe öffnen. Meine Eltern waren erleichtert, als sie mein Interesse bemerkten.

Seit Monaten das erste Mal, daß ich mich für etwas interessierte. Unzählige Schlüssel wurden mir gebracht. Zwei Tage lang mühte ich mich ab, doch keiner paßte. Da die Truhe selbst schon ein kleines Kunstwerk war, wollte ich sie auch nicht aufbrechen.

Am dritten Tag gelang es mir nun, sie zu öffnen, und ich fand in ihr einen Zettel und ein Bild. Ich las zuerst den Zettel: „Das Bildnis in der Truhe ist ein Bildnis der Tochter des Königs Sultān *Kerāmet*[65] aus der Stadt *Maksut*[66], *Ayīne-i Aschk Bānū*[67]. Neben der Schönheit dieser Jungfrau verblaßt die Schönheit der *Zelihā*[68] wie ein kleiner Stern. Die Worte aus ihrem Munde sind süßer als Honig und erfrischender als die Granatäpfel aus Sārisch. Vor ihrer Klugheit und ihrem Wissen verneigen sich die Weisen des Landes in tiefer Verehrung. Die Bānū ist gerade erst fünfzehn Jahre alt, und alle Jünglinge der Stadt Maksut und der Provinz Djablisā liegen ihr in Liebe zu Füßen. O du Bedauernswerter, der du ihr Bild betrachtest, wenn du dich in sie verliebst, wirst du tausend Plagen und Nöte auf dich nehmen. Aber du sollst wissen, Ayīne-i Aschk Bānū ist auf Erden ein Unglück. Seit ihrem zwölften Lebensjahr sind tausend Jünglinge im Frühling ihres Lebens durch sie ins Verderben geraten und umgekommen. Tausende Jünglinge haben ihrem Leben ein Ende gesetzt. Tausende wurden von der Schwindsucht gepackt, die ihr Lebenslicht auslöschte. Auch du, der du das Bild betrachtest, wirst eingehen in die Reihe der unglücklichen Opfer. Auch du wirst Ayīne-i Aschk Bānū nicht widerstehen können, du wirst die Vereinigung mit ihr nie erfahren und von der Glut des Herzens verzehrt werden."

Nachdem ich diese inhaltsschweren Worte gelesen hatte, griff ich ohne weiter zu überlegen in die Truhe und holte das Bild heraus, um es zu betrachten. Die verhängnisvollen Worte auf dem Zettel schreckten mich nicht ab, der Tod kann den Menschen im Leben nur einmal heimsuchen, und ich war eh schon halb gestorben, so sehr war ich durch die Krankheit ausgezehrt. Als ich auf das Bild blickte, stockte mir der Atem. Mit einem Aufschrei schwanden mir die Sinne.

Als ich wieder zu mir kam, sah ich meine Mutter und meinen Vater mit tränengefüllten Augen neben meinem Lager verharren. Meine Bewußtlosigkeit hatte sehr lange gedauert, und alle dachten, daß ich gestorben sei. Sturzbächen gleich lösten sich die Tränen aus meinen Augen, mir war, als würde ein Teil meiner Trauer und meines Leides fortgeschwemmt, und ein Gefühl der Erleichterung erfaßte mein Herz.

In dieser Nacht hatte ich seit langer Zeit das erste Mal wieder Appetit und wollte etwas essen. Nach dem Essen fiel ich, ebenso seit langer Zeit das erste Mal, in einen tiefen, erquickenden Schlaf. Endlich hatte meine Liebe eine Ausrichtung, ein Ziel gefunden, mit der ganzen Kraft meiner Seele und meines Herzens liebte ich die Bānū Ayīne-i Aschk, und in kürzester Zeit gelangte ich wieder in den Vollbesitz meiner Kräfte. Es schien so, als wäre ich nie krank gewesen. Immer trug ich das Bild meiner Geliebten mit mir, und immer sah ich sie in meiner Vorstellung. In den Nächten waren meine Gedanken bei ihr, sie war der Gegenstand meiner Träume, und so mehrten sich meine Liebe und mein Verlangen nach ihr. Endlich faßte ich einen wichtigen Entschluß. Ich ging in das Zimmer meiner Eltern, küßte zur Begrüßung ihre Hände und teilte ihnen meinen Entschluß mit: „Liebe Eltern, liebe Mutter, lieber Vater, ihr seid der Quell meines Lebens. Ich möchte mich aufmachen und meine Geliebte suchen. Mit ihr muß ich mich verbinden, oder ich werde gewiß sterben, wenn es mir nicht gelingt, sie zu finden. Ich muß unbedingt noch heute zur Stadt Maksut in der Provinz Djablisā aufbrechen. Dies ist mein endgültiger Entschluß, und niemand kann mich davon abbringen."

Meine bedauernswerten Eltern waren zutiefst betroffen und verzweifelt. Aber schon nach kurzer Zeit mußten sie einsehen, daß es nicht möglich war, mich von meinem Entschluß abzubringen.

Daraufhin rief mein Vater die Weisen und Gelehrten der Stadt zu sich, um sich mit ihnen zu beraten. Meine Eltern teilten der Versammlung meinen Entschluß und die Vorgeschichte mit und baten um die Meinung der Anwesenden.

Einer der Gelehrten ergriff das Wort: „Um etwas sagen zu können, ist es unabdinglich zu wissen, wo die Provinz Djablisā mit der Stadt Maksut liegt. Ich habe soeben das erste Mal von dieser Provinz und dieser Stadt gehört, und ich bin mir da sehr sicher, daß es den hier versammelten Freunden genauso geht."

Alle Teilnehmer der Versammlung bestätigten die Worte des Redners, daß sie bisher noch nichts von der Provinz und der Stadt gehört hatten. Nach vielem Hin und Her einigte man sich darauf, den Einsiedler aus dem fernen Dorf, der auch den Grund meiner Krankheit erkannt hatte, zu diesem Problem zu befragen. Sogleich wurde ein Bote ausgesandt, um ihn in die Stadt zu bitten.

Es dauerte nicht lange, und der Gerufene traf in der Stadt ein. Sofort wurde ihm die Angelegenheit unterbreitet, er überlegte kurz und sagte: „Die Stadt Maksut befindet sich im westlichsten Zipfel der Provinz Djablisā, noch weiter westlich gibt es keine Siedlung mehr. Bei einer schnellen Reisegeschwindigkeit ist sie ungefähr in einem Jahr zu erreichen."

Noch einmal wurden die Honoratioren der Stadt versammelt, sie wurden von der Antwort des Einsiedlers unterrichtet, und man beriet sich. Nachdem sich herausgestellt hatte, daß ich um nichts in der Welt von meinem Entschluß abzubringen war, gaben alle ihre Zustimmung zu meiner Reise. Fünfzehn meiner engsten und vertrautesten Diener wurden mir als Weggefährten mitgegeben. Auf die flehende Bitte meines Vaters hin war auch der alte Einsiedler bereit, mich auf meiner Reise zu begleiten.

Zwanzig Tage waren wir damit beschäftigt, die Geschenke auszusuchen, die wir für Sultān Kerāmet und seine Familie als angemessen ansahen.

Für den alten Weisen wurde eine Sänfte angefertigt, die Reise wäre für ihn sonst zu beschwerlich geworden. Nach vielen weiteren Vorbereitungen brach unsere Karawane zu dem von den Astrologen als günstig berechneten Zeitpunkt nach der Stadt Maksut auf.

Wir wurden von allen aufs herzlichste mit vielen Glückwünschen und Gebeten verabschiedet und bis an die Stadtgrenze begleitet. Dort sprach ein als heilig geltender Greis ein ergreifendes Gebet, und wir traten endgültig unsere lange Reise an.

Nach einem Jahr erreichten wir unser Ziel. Alle waren froh, diese beschwerliche Reise zu beenden, viele Gefahren und Abenteuer hatten wir überstanden.

Eine Tagesreise trennte uns noch von der Stadt Maksut, und schon waren wir von der Schönheit der Landschaft überwältigt. Unser Weg führte uns durch herrliche Wälder, grüne Ebenen, an reizenden klaren Seen vorbei. Durch scheinbar unendliche Rosenhaine zogen wir, der Duft der Blumen, der Gesang der Vögel, die schwermütige Melodie der Nachtigallen und das Zirpen der Insekten berauschten unsere Sinne. Vielfältig waren die Eindrücke, derer wir ausgesetzt waren.

Am Morgen des nächsten Tages erblickten wir im Licht der aufgehenden Sonne die Stadt Maksut. Ein Juwel unter den Städten, ja die Königin der Städte, die ich schon bereist hatte. Hell schimmerte und funkelte der polierte weiße Marmor der Stadtmauer, blitzend brachen sich die Strahlen der aufgehenden Sonne an den goldenen Dächern der Häuser, und in der Mitte der Stadt wurde alles von einem großen Berg überragt, auf dem sich der aus Alabaster errichtete Palast des Sultāns Kerāmet befand. Die Stadt wurde von weiten Obstgärten umsäumt, Granatäpfel schimmerten durch das Grün der Bäume, faustgroße Pfirsiche luden zur Rast ein, leuchtende reife und zuckerschwere süße Trauben hingen an den Reben, allerlei Getier hielt sich hier auf und erquickte sich an dem frischen, kristallklaren Wasser der kleinen Bäche, die aus Quellen der nahen Berge gespeist wurden.

Es war noch sehr früh, und die Tore der Stadt waren noch nicht geöffnet. Sie waren aus schwarzem Ebenholz und in geometrischen Formen mit Intarsien ausgelegt. Rubine, Smaragde, Saphire und vielerlei andere Edelsteine funkelten im Morgenlicht. Doch gefesselt wurde das Auge durch ein im Zentrum der beiden Torflügel prangenden kindskopfgroßen Diamanten.

Während wir in der Betrachtung dieses Überflusses, dieses Reichtums verharrten, wurden die Tore geöffnet, und wir betraten diese sonderbare Stadt. Wir stiegen in einer großen Karawanserei ab und quartierten uns ein. Unsere

Ankunft hatte sich schnell herumgesprochen, und viele der Einwohner kamen, um uns zu besuchen und willkommen zu heißen. Aber groß war ihre Bestürzung, als sie den Grund unseres Kommens erfuhren, und mit traurigen Mienen versuchten sie, uns zur Umkehr zu bewegen.

EINE WOCHE waren wir nun schon in der Stadt, hatten uns von den Strapazen der Reise erholt und viel Merkwürdiges und Unbeschreibliches in dieser Stadt gesehen und erlebt. Dann hielt ich es für angebracht und an der Zeit, den Sultān Kerāmet aufzusuchen. Ich machte mich auf den Weg zum Palast. Dort trugen wir unser Anliegen vor und baten um eine Audienz beim Sultan. Kurz darauf wurde uns dies gewährt, und wir wurden dem Sultan vorgestellt.

Nach der Begrüßung und der angemessenen Übergabe der Geschenke erkundigte sich der Sultan nach dem Zweck meines Besuches. Ich erzählte ihm, was mich hierhergeführt hatte, und sogleich verzog sich seine Miene sorgenvoll.

Noch am selben Tag wurde der Diwan mit allen Wesiren einberufen. Auch ihnen trug ich mein Anliegen vor. Nachdenklich musterten sie mich, und auf ihren Gesichtern waren Zeichen der Trauer und Güte zu erkennen.

Da ergriff der Sultan das Wort: „Mein Sohn, das Leben meiner Tochter Ayīne-i Aschk wurde mir unter einer Bedingung anvertraut, daß ich mich nicht in ihre Entscheidungen bezüglich ihrer Heirat einmischen würde. Ich kann dir nur soviel sagen, als daß bisher wegen ihr Tausende Jünglinge um ihr junges Leben kamen. Jedem, der um ihre Hand anhält, stellt sie drei Fragen. Wer sie beantworten kann, den ist sie bereit zu heiraten, andernfalls verwirkt er sein Leben.

Aber bisher hat unter all den Tausenden noch keiner die Fragen zu beantworten gewußt. Ich bitte dich, laß ab von deinem Vorhaben, ich kann es nicht mit ansehen, wie du dem Tod in die offenen Arme laufen willst. Komm, laß ab von deiner unheilvollen Liebe."

Außer dem Sultan versuchten auch die anwesenden Wesire, mich von meinem Vorhaben abzubringen. Doch auch sie mußten einsehen, daß alle Worte vergebens waren, unverdrossen beharrte ich auf meinem Entschluß. Als ich mit fester Stimme bat, so bald wie möglich der Prinzessin zur Prüfung vorgeführt zu werden und, daß ich entweder mein Ziel erreichen oder es als Ehre betrachten würde, für sie zu sterben, ließen sie von mir ab. Die Wesire zogen sich zu einer kurzen Beratung zurück, und bald darauf wurde ich aufgefordert, am nächsten Tag wieder in den Palast zu kommen.

Die ganze Nacht konnte ich keinen Schlaf finden, und geduldig erwartete ich den Morgen des neuen Tages. Endlich war der Morgen und die Zeit für den erneuten Besuch gekommen. Ich ging wieder mit dem Weisen zum Palast. Wir wurden in einen prächtig geschmückten Saal geführt. Der Saal wurde in der Mitte durch einen seidenen Vorhang geteilt. In der Mitte des Raumes mußte ich mich vor dem Vorhang auf eine kleine Bank setzen, mein Begleiter setzte sich neben mich. Auf den Bänken und Stühlen an den Wänden ließen sich die Wesire und allerlei Vornehme der Stadt nieder. Viele Einwohner der Stadt waren gekommen, um dieses Schauspiel mitzuerleben. Sie füllten den Rest des Saales und den großen angrenzenden Hof. Da verstummten plötzlich alle Anwesenden, nur das Rauschen und Knistern ihrer seidenen Gewänder war zu vernehmen. Der Geruch von Amber und Moschus lag schwer im Saal und verwirrte die Sinne.

Die Prinzessin Ayīne-ī Bānū hatte mit ihrem Gefolge die andere Seite des Saales betreten.

Eine Zeitlang saßen wir gespannt da und warteten. Dann wurde der Vorhang vor uns hochgezogen.

Auf einem hohen Thron saß sie, das Angesicht wurde durch einen Schleier verdeckt. Das Herz schien mir bei ihrem Anblick zu stocken, glutheiße Schauer wallten durch meinen Leib. Da saß sie, ich war am Ziel meiner Sehnsucht und Liebe.

Um sie standen in einem Halbkreis, engelhaften Wesen gleich, ihre Dienerinnen mit ehrfürchtig vor der Brust verschränkten Armen. Lange ruhte der forschende Blick der Bānū auf mir, als wenn sie nicht den Mut hätte, das Wort zu ergreifen, verharrte sie in schweigender Betrachtung. Doch dann sprach sie mit einer lieblichen, überirdisch anmutigen, die Sinne verwirrenden Stimme: „O Jüngling! Komm, laß ab von diesem Begehren. Verzichte auf meine Liebe. Bisher konnte noch niemand meine Fragen beantworten. Wenn jemand die Macht und das Wissen hat, meine Fragen zu beantworten, so würde er es nicht für nötig halten, sich mit mir zu verbinden. Wer von Verlangen nach mir erfüllt ist, ist keinesfalls in der Lage, die Antwort zu geben."

„O Bānū! Als ich aus meiner Heimat hierher aufbrach, gelobte ich: Entweder die Geliebte oder den Tod. O Ayīne-i Aschk, du Spiegel der Liebe! Ich kann ohne dich nicht leben", erwiderte ich.

„O Jüngling", sagte die Bānū, „es ist schade um dich. Wäre es mir nur möglich, würde ich dich ohne Bedingung als meinen Gemahl annehmen. Aber das ist unmöglich, so leid es mir tut. Denn die Vereinigung miteinander ist gegenseitig, und wir beide würden vergehen."

Erregt sprang ich auf und rief: „O Bānū! Quäle mich nicht, hab Mitleid und stelle deine Fragen."

Laut seufzte sie: „Nun gut. Höre gut zu, o Jüngling. Die erste Frage lautet: Ist der Buchstabe *Alif*[69] aus dem Punkt oder der Punkt aus dem Alif entstanden? Die zweite Frage: Wann geschah es? Und die dritte: Kannst du mir an einem lebendigen Beispiel beweisen, daß das Alif und der Punkt eins sind?"

Kaum hatte sie ihre Fragen gestellt, als sie den Schleier von ihrem Gesicht nahm. Als ich das unvergleichlich schöne Antlitz der Bānū sah, war ich von ihrer Schönheit wie geblendet, die Sinne verwirrten sich mir, und mit einem Aufschrei „Allāhu akbar" stürtzte ich besinnnungslos zu Boden.

*

* *

Als ich die Augen wieder öffnete, sah ich das verschmitzt lächelnde Gesicht Aynali Babas über mir.

„Das *Fatha* auf dem Alif ist a, das *Kasra* unter dem Alif ist i, das *Damma* über dem Alif ist u ...[70] Siehst du, noch eine Reihe Fragen ergeben sich! Wie kommt es, daß das Alif die Vokale akzeptiert? Wird das Problem dadurch gelöst, daß man Alif-und-Hamza sagt? Oh! Was ist dieses Alphabet *Alif-bā* doch für eine schwierige Angelegenheit! Viele Lehrer gibt es, die das Lesen lehren, und keinen gibt es unter ihnen, der das Alif-bā versteht."

Nachdem wir noch etwas geplaudert hatten, verabredeten wir uns auf den nächsten Tag, und ich verabschiedete mich von Aynali Baba.

Die Madjnūne ohne Leila

Wie verabredet traf ich mich am nächsten Tag, am Nachmittag, mit Aynali Baba. Er war schon mit der Zubereitung des Kaffees beschäftigt, als ich kam. Wir setzten uns, unterhielten uns über belanglose Dinge und tranken Kaffee.

Mein heutiges Erlebnis in der anderen Dimension knüpfte am gestrigen Geschehen an. Wieder stand ich vor der Bānū, um ihre Fragen zu beantworten.

Mit dem alten Weisen ging ich die einzelnen Fragen noch einmal durch und fragte, wie es möglich sei, sie zu beantworten.

„Mein Sohn", sagte er, „die Antworten auf diese Fragen kennen nur die Bewohner der Stadt der Narrheit."

„O gut, wo ist dieses Land?"

„Überall!"

„Wie, überall, verstehe ich nicht."

„Mein Sohn", sagte der Alte, „die Stadt der Narren ist kein bestimmter Ort. Sie befindet sich überall auf der Welt."

„Gut, aber wie können wir diesen Ort finden?"

„Nichts leichter als das! Macht Euch bereit, wir werden morgen aufbrechen und ihn suchen."

Am nächsten Tag machten wir uns auf den Weg. Drei Monate lang reisten wir kreuz und quer, kamen durch viele Städte und Provinzen, doch ohne Erfolg. Nirgends trafen wir auf einen Ort, der als Stadt der Narrheit bezeichnet werden konnte. Hoffnungslosigkeit überkam mich.

Eines Tages erreichten wir wieder eine Stadt, deren Größe von außen nicht zu erkennen war. Wir waren zu spät angekommen, die Sonne war gerade untergegangen und die Stadttore schon geschlossen. So errichteten wir unser Zelt am Rande eines Friedhofes, der unweit der Stadtmauer lag. Müde von der langen Reise legten wir uns sofort nieder und schliefen tief und fest bis zum nächsten Morgen. Die Morgenröte war schon angebrochen, und die Sonne schob sich langsam am Horizont empor, als wir erwachten. Wir aßen eine Kleinigkeit, und während ich mit dem Weisen Kaffee trank, vernahmen wir vom Friedhof her lautes Gelächter. Kaum war das Gelächter verklungen, als jemand lauthals rief: „Zwei Plätze gibt es, deren Orte unbestimmbar sind, dort ist es wert, sich niederzulassen. Der eine ist der Paß des Erstaunens, der andere ist die Stadt der Narrheit."

Erregung hatte meinen Begleiter ergriffen. „Mein Sohn", sagte er, „wir haben die Stadt der Narrheit gefunden. Auf, auf, wir wollen die Bewohner kennenlernen und mit ihnen Freundschaft schließen."

Wir erhoben uns, betraten den Friedhof und sahen sieben Leute, die in einem Kreis um ein Grab saßen. Einer von ihnen, der Stimme nach derjenige, der uns mit seinem Gelächter aufmerksam gemacht hatte, wandte sich uns zu und sagte: „Was? Wie, wo? Was gibt es? Zum Gebet wird gerufen?"

Mein weiser Begleiter erklärte mir, daß dies jemand war, der im Erstaunen verharre. Darauf erhob ein anderer die Stimme: „In unsere Stadt kann der Lärm und die Unordnung der Meinungen und des Zweifels nicht eindringen. Dort gibt es kein Wissen, keinen Verstand und keine Wissenschaften, derer sich die anderen rühmen."

Ein anderer warf ein: „Was? Der Imam hat schon mit dem Gebet begonnen und liest die Sure *Qul yā ayyuh al-kafirūn*[71]?"

Wieder ergriff jemand das Wort: „Wie sonderbar, daß man die Verständigen in der Welt als verrückt bezeichnet und den Verstand zur Verrücktheit erklärt."

Ein anderer: „Ich glaube, die Nachtigall singt."

Jemand tönte dazwischen: „Aber nein, die Suppe kocht im Kessel."

Noch ein anderer: „Was haben Sie gesagt, der Kaffeetopf kocht über?"

Der sechste schrie: „Es hört sich an wie Wellenrauschen."

Nun meldete sich der letzte zu Wort: „Ich glaube, der Helwadjī ruft. Laßt uns etwas Naschwerk kaufen."

Jeder rief und schrie, wonach ihm gerade der Sinn stand, und mir kam der Koranvers „... und jede Partei freute sich über das, was sie selber hatte ..."[72] in den Sinn.

Da rief jemand: „Nicht dies ist es, nicht das, nicht jenes!"

Alle verstummten. Ich trat mit meinem Begleiter an den heran, den wir für den Führer der Gruppe hielten, und wollte ihn in aller Form grüßen und ihm die Hand küssen. Er lachte und sagte: „Wenn du küssen willst, so geh und küß den *Hadjar al-aswad*[73]. Wenn du jemandem die Hand küssen willst, dessen Wesen im Zustand des Nichtseins verweilt, so mußt du dich erst selbst von deinem ganzen Sein befreien. Können enge und gereizte Worte die Seele und den Geist umarmen und erfassen? Um zu küssen, bedarf es nicht der Lippen, dazu ist ein Seufzer aus der Tiefe des Herzens nötig."

Wir wandten uns einem anderen zu, ich sagte: „O du, der du die Weisheit der Welt in dir vereinigt hast! Wir wollen dir etwas ..."

Durch ein lauthalses Lachen wurde ich unterbrochen.

„Während man den Blinden als Wissenden bezeichnet, wird der Sehende ein Narr genannt. Während die Wissenschaft unzählige Märchen hervorgebracht hat, werden das wahre Wissen und die wahre Erkenntnis als Märchen abgestempelt."

Wir wandten uns an den dritten, erklärten ihm den Grund unseres Besuches und baten ihn um Hilfe. Eindringlich flehte ich ihn an, und es schien, als würde er aufmerksam zuhören. Ich verstummte und wartete auf seine Antwort. Nach einem Moment scheinbaren Nachdenkens begann er: „Was sagst du? Es regnet? Aha, aber manche mögen es und manche nicht. Es gibt niemanden, der will, und niemanden, der nicht will! Was heißt eigentlich *sein*?"

Wir mußten einsehen, daß es unmöglich war, mit ihnen zu sprechen. Wir zogen uns in eine Ecke zurück. Der Weise sagte: „Geduld, mein Sohn, Geduld. Wir wollen abwarten."

Da näherte sich jemand aus dem Kreis, und in der Hoffnung, mit ihm endlich sprechen zu können, sagte ich: „Verehrter Freund, herzlich willkommen!"

„Ach, ach, ich bin nicht herzlich willkommen."

Ich: „Wie ist Ihr Name, verehrter Freund?"

„Er ändert sich in jeder Minute."

„Nun, sagen Sie mir, wer Sie sind."

„Wie soll ich das wissen? Würde ich als Koch arbeiten, wenn ich es wüßte?"

Endlich gab ich dieses hoffnungslose Unterfangen auf. Die Lage schien mir aussichtslos. Doch mein Begleiter empfahl mir, weiterhin mich in Geduld zu fassen.

„Sie wissen genau, warum wir hierhergekommen sind. Laß uns abwarten. Wir werden hier einige Tage bleiben, fasten und sehen, was der Spiegel der Zeit uns zeigt."

Mir war eh die Lust vergangen, ich hatte keinen Appetit, und so kam ich innerhalb von vierundzwanzig Stunden mit einigen Oliven aus. Neununddreißig Tage vergingen so. Am vierzigsten Tag, ich hatte schon alle Hoffnung aufgegeben, rief einer der Verrückten die anderen zu sich. Es war der, den wir bei unserer Ankunft zuerst bemerkt hatten.

Sie setzten sich im Halbkreis. *Hayret*[74], so hieß der Wortführer, setzte sich gegenüber dem, der *Deli*[75] genannt wurde. Lange saßen sie so schweigend in sich versunken da. Dann begann ein Gespräch zwischen Deli und Hayret:

„O Hayret! Du hast gelesen, geschrieben und auch dessen Bedeutung verstanden. Aber wie hast du die Bedeutung verstanden?"

„Durch das Alif-Bā."

„Was ist die Bedeutung?"

„Daß eins zwei und zwei eins ist!"

„Und wie nennt man das?"

„Es ist der *tauhīd – lā ilāha ila llāh*[76]. Dies muß man aussprechen und an die Einheit Gottes glauben."

„Wie wird der Tauhīd zur Eins, wie sagt man, daß eins eins ist? Kann man die Eins teilen, daß es mehr als nur eins ergibt?"

„Nein. Eins ist einfach und nicht teilbar."

„Wenn dem so ist, woher kommt die Zwei, und warum gibt es im Tauhīd zwei Seiten?"

„Eine der beiden Seiten nennt man *ikrār*, das heißt die Bejahung. Die andere heißt *inkār* und bedeutet Verneinung. Die Existenz der Verneinung ist der Schatten der Bejahung, aus diesem Grunde ist der Ursprung beider Seiten eins. Wenn jedes eigenständig wäre, dann gäbe es eine Zweiheit."

„Ja, und wie nennt man es?"

„Es hat drei Namen: Der erste ist die Kunst des Erschaffens, der zweite der Gipfel der Erscheinung und des Erkennens und der dritte *wahdat*, das Spiel der Einheit."

„Zu welcher Zeit entstand es?"

„Die Zeit ist etwas, was zur Verneinung gehört. Im Sein gibt es keine Zeit, nur den Nu!"

„Na gut! Aber was ist das, was du Nu nennst?"

„Die reine Verneinung. Das reine Nichtsein bedeutet in der Bejahung die zeitlose Zeit. Im Unterschied, nämlich in der Unterscheidung zwischen der Bejahung und der Verneinung, bedeutet es die absolute Zeit."

„Was bedeutet Alif-Bā?"

„Die Ereignisse im Universum?"

„Und welcher Buchstabe ist der Ursprung?"

„Alif."

„Wessen Ursprung? Der des Seins oder der der Ereignisse?"

„Der des Seins kann er nicht sein, der der Ereignisse."
„Und was ist der Ursprung des Alif?"
„Der Punkt."
„Was ist das, was du als Sein bezeichnest? Das Alif oder der Punkt?"
„Der Punkt, es ist das stumme Sein, es wird mit dem Alif artikuliert."
„So heißt das, daß das Sein zwei Seiten hat?"
„Nein, Alif und der Punkt sind eins."
„Wenn dem so ist, so frage ich, wie ist das Alif entstanden?"
„Das ist eine Angelegenheit, die sich nicht in Worte kleiden läßt."
„Zeige etwas Ähnliches."
„Es gibt nichts, was ähnlich ist."
„Nun, dann gib ein Beispiel."
„Das Beispiel verstehen nur die, die fern von Raum und Zeit sind."
„Was ist der Gegenstand des Beispiels?"
„Die Biene."
„Was macht die Biene?"
„Honig, um sich beliebt zu machen."
„Ja, und was macht sie noch?"
„Bienenwachs, um sich mitzuteilen."

Deli zeigte sich sehr zufrieden, als er sagte: „Gott möge dich segnen, du Krone der Wissenden. Der Paß des Erstaunens und die Stadt der Narrheit gehören dir. Doch zu meiner letzten Frage gib uns ein Beispiel."

Ich fiel von einem Erstaunen in das andere, denn die Fragen der Bānū wurden durch dieses Frage- und Antwortspiel gelöst. Aber was war geschehen? In meinem Herzen gab es keine Bānū mehr, kein Bild ... nichts. Die Bānū, der Spiegel der Liebe, hatte sich in mein Herz verwandelt. War mein Inneres zuvor mein Äußeres, so war nun mein Äußeres zu meinem Inneren geworden. Nun liebte ich in der tiefen Bedeutung des Wortes Liebe. Ich hatte mich durch mich mit meiner Geliebten vereinigt. Während ich noch in diesem geistigen Zustand verweilte, nahm der Hayret Genannte ein Stück Bienenwachs aus seiner Tasche und zeigte es seinen Freunden mit den Worten: „O Freunde, dies ist der Punkt."

Dann erwärmte er das Wachs durch seinen Atem, zog es in die Länge und sagte: „Seht her, und dies ist das Alif!"

Der Deli Genannte sprang auf und rief: „Wenn das Alif noch einen anderen Namen hat, so sage ihn!"

Hayret: „Ja, es hat einen, aber laß mich ihn dir ins Ohr flüstern."

Hayret ging auf Deli zu, flüsterte ihm etwas ins Ohr, und plötzlich fielen sie sich in die Arme. Dann wandte sich Deli zu mir und sagte: „O Jüngling! Nun bist du zum Medjnūn ohne Leila geworden, denn Medjnūn wurde zur Leila. Wenn die Leila nun auch noch vergeht, dann kannst du auch den Namen des Alifs erfahren, der mir ins Ohr geflüstert wurde.

*
* *

Mit einem überwältigenden Gefühl des Glücks und der Freude öffnete ich meine Augen und vernahm die melodische Stimme Aynali Babas, er sang: „Kann man den Medjnūn nennen, der Leila durch die göttliche Macht Gottes selbst wurde?"

Die goldene Kette

Es war herrliches Wetter. Ich saß mit Aynali Baba zusammen. Wie es schon unser Brauch war, saßen wir wieder bei dem stark gesüßten Kaffee, und ehe ich ihn noch ganz ausgetrunken hatte, begann ich wieder eine neue Reise. Diese trat ich fliegenderweise an. Doch das Fliegen verwirrte mich, war es mir doch unerträglich, wenn ich Flugträume hatte.

Immer höher stieg ich, durchflog den unendlich weiten Raum, ließ Planeten und Sonnen hinter mir zurück. Dann endlich, als ich in einem absolut leeren Teil des Universums anlangte, konnte ich den Flug durch meinen Willen stoppen, und wie ein Ballon schwebte ich im Weltraum.

Ich ruhte mich etwas aus und flog dann zur rechten Seite weg. Da begegnete ich jemandem, der gleich mir umherschwebte. Ich grüßte ihn. Er verharrte und fragte mich, wer ich sei. Ich antwortete und fügte noch hinzu, daß ich nicht wisse, wie ich hierher aufgestiegen sei. „Dies hier", sagte er, „ist die Sphäre *Barzakh*, der Scheideweg zwischen dem Universum und dem Jenseits. Ich heiße Pythagoras."

„Pythagoras? Dieser bekannte Pythagoras, der Philosoph?"

„Ja."

„O großer Meister! Wie glücklich bin ich, Sie können sich nicht vorstellen, welche Ehre es für mich bedeutet. Es ist ein Glückszufall, eine Zuwendung des Schicksals, wenn so ein von tausend Fragen geplagter Student einen so großen Lehrer wie Sie trifft."

„Mein Sohn. Wir sind hier nicht auf der Welt, deswegen brauchen wir uns nichts vorzumachen. Nenne mich nicht Meister oder großer Lehrer. Als wenn es nicht reichen würde, daß ich mich auf Erden abgeplagt und mir das Gehirn zermartet habe, beschäftigt mich das gleiche Problem, das gleiche Rätsel, seit Jahrhunderten hier in der Sphäre Barzakh: Ich weiß, daß der Ursprung aller Dinge eins, die Einheit ist, denn der Ursprung aller Zahlen ist die Eins. Von einem anderen Gedanken und einer anderen Perspektive aus bedeutet Universum Harmonie. Aber es gibt einige Dinge, die ich nicht erkannt habe. Ich möchte schreiben und denken. Hast du nicht zufällig etwas Papier und ein Schreibgerät bei dir?"

Die Erklärungen des großen Gelehrten schienen mir doch recht sonderbar. Dann verabschiedete ich mich von Pythagoras, der auch in der Sphäre Barzakh nicht vom Nachdenken befreit war.

Nach einiger Zeit traf ich wieder einen Schatten, ich grüßte ihn. Doch ohne auf meinen Gruß einzugehen fragte er: „Hast du meinen Schüler Platon und dessen Schüler Aristoteles gesehen?"

Trotz meiner Verwunderung fragte ich gleich, warum und wozu er die beiden Philosophen suche: „Was wollen Sie von denen?"

„Hier gibt es keine *Sophisten*[77], mit denen ich disputieren könnte, um mich zu beschäftigen. Mich plagt die Langeweile. Könnte ich Platon und Aristoteles finden, so könnten wir miteinander disputieren", sagte er und schwebte davon.

Dem Gesagten konnte ich entnehmen, daß dieses Wesen der berühmte Philosoph Sokrates gewesen war.

In dieser endlosen Einsamkeit überkam mich ein eigenartiges Gefühl des Verlassenseins, und gerade, als ich überlegte, wie ich mich aus diesem Zustand befreien könnte, kreuzte ein netter und hübscher Schatten meinen Weg. Mit einer angenehmen, vollen Stimme begann er etwas Gedichtähnliches vor sich hinzusprechen.

„Ja", sagte er, „alles, was ich auf der Welt sah und wußte, ist im Gegensatz zu dem, was unsere Seelen in den erhabenen Sphären der anderen Welt sahen, nichts weiter als blasse Vorstellung und Erinnerung."

„Wer sind Sie, mein Herr?“ fragte ich.

„Ich bin Platon.“

„Ich sehe hier keine Wahrheiten“, sagte ich, „im Gegenteil, alles, was ich weiß und sehe, kommt von den Erinnerungen dessen, was ich auf der Erde sah.“

„Nun, dies ist nicht die erhabene Sphäre des Jenseits. Das ist die Sphäre Barzakh. Obwohl unser Geist hier nicht wie auf der Erde in einem Körper gefangen ist, ist es offensichtlich, daß wir hier nicht nur Geist sind. Auf der Erde hatten wir einen Körper, und hier haben wir auch einen Körper. Er unterscheidet sich nur darin, daß er subtiler ist. Deswegen ist das, was wir hier in der Sphäre Barzakh sehen, die Erinnerung der Erinnerung.“

„Doch warum verharren wir hier in dieser Barzakh genannten Sphäre und steigen nicht in jene erhabenen Sphären auf, von denen Sie sprachen?“

„Das ist das Rätsel, mit dem ich mir seit zweitausend Jahren das Gehirn zermartere. Warum sind wir gezwungen, in dieser Sphäre Barzakh zu bleiben? Wenn du es herausgefunden hast, so laß es mich bitte wissen. Meine Schüler warten auf mich, ich muß sie unterrichten. Mach es gut. Gott befohlen.“

„Halt, halt! Bleiben sie noch etwas“, rief ich. „Gibt es hier auch solch Beiwerk wie Lernen und dergleichen?“

„Wenn es hier nicht solche Unterhaltungsmöglichkeiten gäbe, würde der Mensch vor Langeweile verrückt werden. Und warum soll ich es verbergen, es macht mir halt Spaß, mit meinem Schüler Aristoteles zu disputieren.“ Er schwebte davon.

Vor lauter Erstaunen, daß ich noch nicht einmal hier in der Sphäre Barzakh von allerlei Übeln und Beiwerk, heftigen Wünschen und Einflüssen befreit war, öffnete ich die Augen und hörte die Stimme von Aynali Baba:

„Es gibt keinen Vogel, und es gibt kein Fliegen, dies existiert nur in deinen verschiedenen Empfindungen, mein

Sohn. Du bist noch sehr mit Ballast beladen. Dein Ballast hat sich aufgebläht. Ich will dir noch einen Kaffee bereiten."

Ich trank den Kaffee und fand mich sogleich wieder schwebend in der Sphäre Barzakh wieder.

Um mich herum schwebten viele Schatten, und ich bewegte mich unter ihnen ziel- und planlos. Nachdem ich eine Weile so umhergeschwebt war, schloß ich mich einer Gruppe an. Es waren bekannte Leute, Pädagogen, Literaten, Dichter, Philosophen, Vertreter aller Richtungen waren versammelt. Sie sprachen miteinander, und wie es so meine Art war, mischte ich mich in ihre Gespräche ein. Wir tauschten gegensätzliche Gedanken über diese grenzenlose Leere aus, in der wir uns befanden. Doch da niemand etwas Fundiertes von sich gab, kamen wir zu keinem Ergebnis. Und während dieser Gespräche und Debatten setzten wir unseren Weg schwebend fort.

Der eifrigste Redner war ein Pädagoge, mal stimmte er zu, mal widersprach er. In einer Pause ergriff ein Mann mit länglichem Gesicht und langem Bart, der bisher geschwiegen hatte und der, wie ich später erfuhr, Tschata hieß und ein großer Literat war, das Wort.

Alle Mitschwebenden hörten interessiert seinen Ausführungen zu: „Verehrter Freund", wandte er sich an den Pädagogen, „hier nun irren Sie sich und beschuldigen uns zu unrecht. Ich versichere Ihnen, daß jeder von uns, wenn auch etwas unterschiedlich, Ihre Werke akzeptiert und sie für wert hält, gedruckt zu werden. Ja, ich denke sogar, daß sich Theaterleute dafür interessieren werden, um sie auf die Bühne zu bringen. Ja, diese Werk werden unsterblich sein."

Alle Anwesenden hörten verwundert die Worte des Literaten, die Begeisterung überkam ihn, und erregt fuhr er fort: „Ja, Freund, ja! Überlegt doch einmal, dieser heutige Zustand ist eine einer ernsthaften Überlegung werte Wissenschaft. Es gibt bald nichts mehr, worüber es noch zu schreiben lohnt. Denn die Geisteshaltungen haben sich verändert. Merkwürdige Veränderungen machen sich auf allen Gebieten bemerkbar. Dinge, die früher als kurios und absonderlich betrachtet wurden, zählt man heute, dieser neuen Geisteshaltung nach, wie sonderbar, zu den neuen und bahnbrechenden Erkenntnissen. Diese Zeit hat auf allen Gebieten viele, ich weiß nicht, ob ich nun Neuheiten oder Verrücktheiten sagen soll, hervorgebracht. Heute findet man in ernsthaften Werken Albernheiten und Blödsinn, obwohl sie den Gelehrten der neuen Richtung nach Ergebnisse ernsthaften Forschens und Suchens sind. Daher sehen diese hochgerühmten Gelehrten das Leben als einen Zufall, die Seele als ein Hirngespinst, das menschliche Gewissen als unnötiges Überbleibsel einer überholten Entwicklung an und sehen den Sinn des Lebens in aufopfernder Arbeitsbereitschaft für Staat und Gesellschaft, denn für sie ist der Mensch eh nicht mehr als eine biologische Maschine. Mit Blindheit sind sie geschlagen, diese Narren, sie haben Augen und sehen nicht, Ohren und sind dennoch taub. Den Verstand haben sie zur Narrenposse gemacht. Aus diesem Grunde, o Pädagoge, mein Freund, werden Sie durch ihre ausgesuchten Werke als ein bekannter Komödienschreiber gelten."

Während dieser Rede hatten wir uns einem großen Platz genähert und uns niedergelassen. Jetzt erst bemerkte ich, daß sich auf dem Rücken des bedauernswerten Pädagogen ein Sack voller Manuskripte seiner unveröffentlichten Werke befand. Er fiel, ich weiß nicht, ob durch die Wirkung der Rede oder durch die beschwerliche Last, auf seinen Rükken der Länge nach bewußtlos hin. Alle waren wir um ihn versammelt, einer der Freunde, der sich Doktor Pataban nannte, untersuchte den Pädagogen und sagte: „Um Gottes willen! Der Magen ist total leer, er hat nichts zu verdauen. Diese Besinnungslosigkeit kommt daher, daß der Magen begonnen hat, sich selbst zu verdauen."

Nun wurde die Unterhaltung zwischen den Literaten und Schriftstellern uninteressant, und ich schloß mich einer anderen Gruppe an. Zwei aus dieser Gruppe waren in ein Gespräch vertieft: „Bezüglich des Luftholens, mein

Freund, gibt es keine Gleichheit, ist es doch so, daß ein kleiner Mensch gegenüber einem großen viel weniger Luft verbraucht. Was hältst du davon, daß in einer Zeit, da alles besteuert wird, es immer noch keine Luftsteuer gibt? Gibt es noch etwas Merkwürdigeres?"

„Mein Freund! Recht hast du. Man muß unbedingt eine diesbezügliche Gesetzesvorlage einbringen, ich denke, wir können so einige Millionen einnehmen."

Ich verließ die beiden und wandte mich einem einzelnen, vornehm gekleideten Mann zu. Wir sprachen von diesem und jenem, ich erfuhr, daß mein Gesprächspartner ebenfalls ein Literat und Schriftsteller war. Er machte mir Vorhaltungen, daß ich, gleich meinen Verwandten, mein Leben nutzlos verschwende, statt ein Buch zu schreiben, und fragte, ob ich in diesem Jahr wenigstens ein Buch geschrieben hätte.

Ich antwortete ihm, daß ich mich schon bemüht hätte und es außerdem nicht der Ort und nicht die Zeit sei, mir Vorhaltungen zu machen. Mit einem herablassenden Lächeln fuhr er fort: „Schau, ich habe in diesem Jahr ein hervorragendes Werk geschrieben, aber was nützt es, wenn ich dir den Titel verrate? Dadurch ist nichts zu verstehen. Aber su sollst wissen, das Wissen hat für sich selbst keinen Wert und keine Bedeutung. Es kann nur dadurch einen Wert erlangen, daß es zur Erleichterung der Arbeit der Menschen, die damit umzugehen verstehen, dient. Die Gelehrten, die diesen wesentlichen Grundsatz nicht beachten, können wohl die Zustimmung und den Beifall der Bedürftigen erhaschen, werden sich aber auf ewig nicht von der Befürftigkeit befreien können."

Vor uns tauchte ein großer Platz auf, viel Volk war da versammelt, und da mich die Sphäre Barzakh allmählich zu interessieren begann, was ich neugierig zu erfahren, was dort los war.

Ich lief, schwebte und erreichte den Platz. Das versammelte Volk bestand aus Angehörigen aller Schichten und

Klassen. In der Mitte des Platzes war ein Podest errichtet, auf dem ein Karussel stand. Während ich mich umsah und dachte, was das alles zu bedeuten hat, erschien plötzlich ein gewaltiger buckliger Mensch auf dem Podest und setzte sich auf den Rand des Karussels. Er hatte zwei Buckel, einen vorn und einen hinten, nie hatte ich so etwas gesehen. Doch was war das eigentlich Wunderliche? Der vordere Buckel war durchsichtig wie Glas, und das Innere war zu sehen. Es sah aus wie in einem Kaufhaus, riesige Räume, angefüllt mit tausend verschiedenen Sachen, ich glaubte zu träumen.

Da kam noch jemand, er wurde von einer anderen Person geführt, offensichtlich war er blind. Er wurde an den Rand des Karussels gebracht. Doch zuvor hatte ich bemerkt, daß sich meine vorherigen Gesprächspartner, die Pädagogen, Literaten und auch Dr. Pataban, zu den Wartenden gesellt hatten.

Da flüsterte mir jemand zu: „Der Bucklige ist das Schicksal, und der Blinde ist das Glück."

Wir wurden alle um das Karussel aufgestellt, und der Blinde begann, es zu drehen. Der Bucklige, der sich mitsamt dem Karussel drehte, griff in seinen vorderen Buckel, holte die verschiedensten Dinge heraus und warf sie in die wartende Menge, die sie aufzufangen suchte. Doch das Seltsame war, daß jeden die für ihn bestimmten Sachen am Kopf trafen. Als die Reihe an die Schriftsteller und Literaten kam, stellten sie sich im Kreis auf. Ich befand mich auf einem Platz zwischen den Beamten und den Schriftstellern. Doch als ich die riesige Menge der Beamten sah, befürchtete ich, daß für mich nichts übrigbliebe, und schummelte mich in die Reihe der Schriftsteller. Da bemerkte ich links neben mir den Pädagogen mit seiner Last. Der Bucklige warf jedem etwas zu. Als die Reihe an uns kam, wurde ich von etwas Schwerem am Kopf getroffen und stürzte zu Boden, wo ich mich mehrmals überschlug. Der ohnehin recht schwächlich aussehende Pädagoge wurde auch mit mir zu Boden gerissen.

Als die Benommenheit etwas gewichen war, war ich begierig zu sehen, was für mich bestimmt war und mich zu Boden gerissen hatte. Und was sah ich ...? Um Gottes willen! Was mich von den Füßen gerissen hatte, war eine Kiste angefaulter Tomaten. Ein Teil der Tomaten hatte mich von oben bis unten beschmiert.

Als ich mich mit einem merkwürdigen Gefühl, verursacht durch den mich umhüllenden Tomatenmatsch, umschaute, um zu sehen, welchen Anteil meine Freunde bekommen hatten, sah ich eine komische Szene, die meinen Anblick bei weitem übertraf:

Der ehrwürdige Pädagoge war nicht, wie ich zuvor angenommen hatte, von meinem Anteil mitgetroffen, nein, den Ehrwürdigen hatte eine Kiste Eier umgehauen. Nun saß er zwischen seinen Eiern, die allesamt zu Bruch gegangen waren und deren Inhalt sich über ihn ergossen hatte. Er sah aus, wie eine mit Ei panierte Scholle, die nur noch darauf wartete, in der Pfanne gebraten zu werden. Doch der Betroffene schien mit seinem Schicksal zufrieden, er saß da und versuchte, das „Rührei“ geschickt mit den Fingern von sich abzulecken.

Ich hatte mein eigenes Aussehen vergessen und begann, lauthals zu lachen. Da sagte der Pädagoge mit ernster Miene: „Tausend große Eier ... Wenn sie wenigstens nicht zerbrochen wären, ein Jahr lang hätten sie mir gereicht, und ich hätte von den Büchern auf meinem Rücken drei oder fünf drucken lassen können.“

Da trat der Literat und Schriftsteller, der mir zuvor Vorhaltungen gemacht hatte, zu uns, in der Hand hielt er einen Beutel Gold. Er blickte auf den Pädagogen, der damit beschäftigt war, die Eierschicht von sich zu lecken, und auf mich, der ich mich vor Lachen ausschüttete.

„Hey, was seid ihr für Leute! Was seid ihr doch blöde! Während es auf der Erde möglich ist, aus vielen Dingen Nutzen zu ziehen, tut ihr genau das Gegenteil. Ich bin sicher, würde ich euch den Beutel Gold geben, würdet ihr auch damit nicht umgehen können. Los, leckt euch gegenseitig ab, dann habt ihr wenigstens Ei mit Tomate gegessen. Los, zögert nicht, laßt die Zeit nicht unnötig verstreichen!"

Kaum hatte er zu Ende gesprochen, da sprang mir der ehrwürdige Pädagoge auf den Schoß, schlang seine Arme um meinen Hals und begann, mich mit seiner der eines Ameisenbäres ähnlichen langen und festen Zunge abzuschlecken. Immer wenn er mit seiner rauhen Zunge über mein Gesicht fuhr, kitzelte es so sehr, daß ich mich vor Lachen kaum halten konnte und mich zugleich abmühte, mich aus der Stahlklammern gleichen Umarmung zu befreien. Kopf an Kopf kugelten wir umher. Dann, endlich konnte ich mich befreien ... und öffnete die Augen.

Aynali Baba kam mit einem Teller in der Hand aus der Richtung des Friedhofeingangs und sagte lächelnd: „Die Welt ist ein Meer, du bist das Schiff, dein Verstand das Segel und deine Gedanken das Ruder; ha – und nun möchte ich sehen, wie du damit zurecht kommst."

Er stellte den Teller vor mir ab und setzte sich, nahm aus seinem Korb ein Brot und gab es mir. Auf dem Teller befand sich Tomatensalat, der mit hartgekochten Eiern verziert war. Die Sphäre Barzakh und das, was ich dort gesehen und erlebt hatte, kam mir in den Sinn.

Aynali grinste: „Mit einem Unterschied ist es so. Aber ist es noch so, wenn man den Unterschied wegläßt? Aber zum Schluß ist es ein Salat, der aus den Tomaten, die nicht zerdrückt wurden, als man sie dir an den Kopf warf, und einigen Eiern, die nicht zerbrachen, als der werte Pädagoge sie an den Kopf bekam, besteht. Greif zu. Deinen Anteil kannst du dir mit dem Löffel holen. Bitte sehr, laß uns essen! Mein Sohn! Die Welt ist wieder diese Welt, und die Zeit ist wieder diese Zeit!"

Aynali Babas Abschied von dieser Welt

In mir fühlte ich eine eigenartige Unruhe, Schmerz und Trauer. Noch ehe ich mit meiner Arbeit fertig war, eilte ich zu Aynali Baba. Als er mich sah, sagte er mit lächelnder und gleichzeitig unbestimmbarer Miene: „Ach, mein Sohn! Ich muß endlich von hier Abschied nehmen. Äußerlich gesehen müssen wir uns nun voneinander trennen. Möge Gott der Erhabene dich beschützen und dir weiterhin deinen Weg weisen. Mach dir die Mühe und komm bitte morgen früh hierher. Ich überlasse dir ein kleines Ledersäckchen, der Inhalt möge dich an mich erinnern, als Andenken. Bewahre mich in deinem Herzen, ich bin immer bei dir."

Ich begriff sofort, worum es ging, und ohne daß ich es wollte, begann ich zu weinen.

Auch Aynali Baba weinte und drückte mich an seine Brust:

„Was wollen wir tun, mein Sohn? Es ist die Welt des Kommens und Gehens. Warum muß man auf das Äußere achten? Gott sagt, alles, was auf Erden ist, wird vergehen.[78] Wir können uns doch nicht dagegen auflehnen!"

Ich blieb noch bis in die späte Nacht bei ihm. Doch wie schnell vergingen die Stunden, waren sie wie unsichtbare Blitze? Ich weiß es nicht.

Schmerzvoll war der Abschied, und ich ging nach Hause. Die ganze Nacht konnte ich keinen Schlaf finden, und bei Anbruch der Morgendämmerung machte ich mich sogleich auf den Weg zum Friedhof.

Ein leichter und angenehmer Morgenwind wehte und ließ mein schweres Herz etwas leichter werden, aber dennoch eilte ich angsterfüllt weiter. Endlich betrat ich den Friedhof, dann sah ich ihn, Aynali Baba.

Er lag lang ausgestreckt unter dem uralten Terebinthenbaum, den er so sehr liebte. Die Arme waren über der Brust verschränkt, und ein Lächeln lag auf seinem Gesicht, als würde er einen schönen Traum erleben. Ich trat näher heran. Tränen der Sehnsucht und des Schmerzes benetzten meine Hände. Ich weinte und weinte ..., ich bemerkte nicht, wie die Zeit verging. Das Herz wehrte sich dagegen, endgültig Abschied zu nehmen und die Vorbereitungen zu treffen, die für den letzten Dienst an seinem entseelten Leib notwendig waren. Geistesabwesend erhob ich mich, tief in meinem Schmerz und in meinen Gedanken versunken, um das Notwendige zu tun.

Mit einigen meiner Freunde kehrte ich zurück, und wir begruben Aynali Babas Leichnam unter seinem geliebten Baum.

BIS ZUM ABEND lief ich mit einem inneren Druck, der Herz und Seele marterte, verwirrt, ziel- und planlos in der Stadt umher. Die Nacht verbrachte ich in Gedanken und Erinnerungen. Erst am nächsten Morgen kam mir der Lederbeutel, den der Baba mir zur Erinnerung überlassen hatte, in den Sinn. Traurigen Herzens betrat ich unsere Hütte und fand das kleine Beutelchen, ich öffnete es und betrachtete mein Erbe: Eine große Djeswe und zwei kleine, fünf Kaffeetäßchen, etwa hundert Gramm Kaffee und Zucker, einige Seiten eines handgeschriebenen Korans und ein kleines Notizbuch.

Ich ließ die Hütte reparieren, und immer, wenn ich von den weltlichen Dingen erlöst war, kam ich hierher, um meine Zeit zu verbringen.

Die Schrift des Babas im Notizbuch war sehr schön und fein, und wie er selbst erfreute sie das Auge. Er hatte einige schöne und tiefsinnige Gedichte aufgeschrieben, viele Aufsätze und Gedanken notiert, und es fanden sich auch viele Geschichten seines Lebens. Ich begann einige zu lesen:

Glück

Jeder Mensch auf dieser Welt hat Verstand und ein Gewissen, und wenn er seine Bedürfnisse verspürt, so beginnt er, und auch jedes Tier auf seine Art, nach dem Glück zu suchen. Dies ist eine ewige und unumstößliche Regel. Selbst wenn alles Naturgesetz sich verändern würde, so glaube ich, würde diese Regel, dieses Gesetz weiterbestehen.

Die Tiere finden wohl, jedes auf seine Art, mit den ihnen angeborenen Fähigkeiten ihr Glück, weil ihre Wünsche, Freuden und Gedanken begrenzt sind. Der Mensch jedoch, bis auf einige wenige Ausnahmen, weiß nicht, was Glück bedeutet, er hat keine Vorstellung und weiß daher eigentlich nicht, was er tun soll. Viele Menschen gibt es, die glücklich sein könnten, aber wegen ihrer Habsucht und ihres Ehrgeizes, der sie plagt, halten sie sich für die Unglücklichsten und machen sich dieses vergängliche Leben zur Hölle.

Der Mensch – alles erforscht er, vieles hat er erkannt und ist dennoch das größte, das ungelöste Rätsel seiner Zeit.

Weshalb auch immer ist der Mensch seit seiner Erschaffung ein merkwürdiges Wesen, er erwirbt viele Dinge, und je mehr es ist, steigert sich seine Habsucht.

Was ist oder bedeutet eigentlich Glück? Das ist es, was niemand weiß. Ein wahres Wort aber ist es, daß man die Narren glücklich nennen kann, die sich weitab vom Getriebe der Welt befinden.

Seid wachsam! Man kann eine Stadt als Theater und ihre Bewohner als Schauspieler betrachten.

ICH BEFAND MICH in der Stadt K... und traf gezwungenermaßen viele Menschen und schloß mit ihnen Bekanntschaft. Sehr viele von ihnen unterzog ich einer genaueren Untersuchung. Und weil sie durch bedeutende oder unbedeutende Unzulänglichkeiten wie Kranke wurden, waren sie nicht glücklich. In dieser großen Stadt gab es drei Personen, die meine besondere Aufmerksamkeit auf sich lenkten. Einer war der Imam des Viertels, in dem ich wohnte, der andere war der Scheich der M... *Tekke*[79], beide waren sonderbare Menschen.

Der Imam hatte viel gelernt und sogar in der *Azhār-Moschee*[80] in Kairo studiert, so hatte er durch sein Amt ein gutes Auskommen. Trotzdem war er ein ungehobelter Mensch, geschwätzig, vorlaut, rechthaberisch und hochnäsig.

Was den Scheich betraf, so hatte er durch die von seinem Vater ererbte Tekke ebenfalls ein gutes Auskommen, und er konnte aus dem Vollen schöpfen. Er wußte allerlei erfundene Märchen, Geschichten der gottesnahen Scheiche und der Propheten, kannte sich in Magie aus, beherrschte die ganzen Methoden des *Sema*[81] und der *Dhikr*-Sitzungen, hatte andauernd wichtige Träume und machte sich Dschinnen und Teufel untertan.

Der Imam widersprach jedem, sprach vom Jüngsten Gericht, davon, daß der Glaube immer mehr abnehme und daß die Endzeit gekommen sei. An jeder und jedem hatte er etwas zu bemängeln und warf ihnen ihre Fehler an den Kopf. War nicht mit den Gebeten und dazugehörigen Waschungen der Leute zufrieden, kurzum für ihn war der einzige Gläubige und gottesfürchtige Mensch weit und breit er selbst.

Und obwohl er mit sich und der Welt hätte zufrieden sein können, brachte er sich durch die vorgenannten Eigenschaften um sein Glück. Doch als wenn dies alles noch nicht genug wäre, verlieh er heimlich an die Bauern Geld gegen hohe Zinsen und trieb Wucherei. Hätte man es ihm geschickt, so hätte er auch ein ganzes Schwein samt Schwanz auf einmal verschluckt. Und während er allen zu erzählen suchte, was er für ein gott- und schicksalsergebener Mensch sei, stopfte er sich doch vor Angst die Ohren mit seinem Turban zu, wenn es am Himmel auch nur etwas donnerte. Ansonsten verbrachte er seine Zeit mit allerlei Vergnügen, die er anderen aufs heftigste und unter Androhung aller Höllenstrafen verbot. So brachte er sich unnötigerweise und unter vielen Schmerzen und Qualen um sein eigenes Glück.

Und der Scheich, lassen wir das, daß er sich die Dschinnen untertan machte. In Wahrheit hatte er soviel Angst vor ihnen, daß er sich des Nachts nicht auf die Toilette wagte, wenn seine Frau ihn nicht begleitete. Er war ein recht einfältiger und bedauernswerter Mensch und hätte doch bei Einhaltung gewisser Verhaltensregeln ein gutes und angenehmes Leben führen können, aber durch sein Verhalten brachte er sich von einer Notlage in die andere und hatte nichts weiter als Kummer und Ärger.

Aber der eigentliche Gegenstand unserer Erzählung war eine dritte Person. Meiner Beobachtung nach war er ein bescheidener und glücklicher Familienvater.

Als ich in der Stadt spazieren ging, fiel mir dieser Tischler namens Hamdūn Aghā auf, er wohnte einige Schritte von meinem Haus entfernt. Dieser Mann war so etwa dreißig bis vierzig Jahre alt, kräftig gebaut, und seinem Aussehen und seinen Bewegungen nach schien er kerngesund zu sein. Immer, wenn ich an der Werkstatt dieses munteren und fröhlichen Menschen vorbeikam, grüßten wir uns.

Eines Tages, nachdem wir uns nach der Art der Derwische gegrüßt hatten, lud er mich in seine Werkstatt ein, und ich setzte mich dort auf einen Schemel. Er behandelte mich zuvorkommend und ehrte mich, sofort beauftragte er seinen kleinsten Lehrling, für uns Kaffee zu holen, und während er an seinem Werkstück weiterhobelte, setzten wir unser Gespräch fort.

„Baba", sagte er, „ein Tischler sollte seine Zeit nicht unnütz mit Nichtstun und Schwatzen verbringen. Entschuldige bitte. Die drei hier, zwei Gesellen und ein

Lehrling, sind meine Söhne. Wenn sie mich nutzlos herumstehen und schwatzen sehen, ist es kein gutes Beispiel für sie. Der Tischlerberuf ist nicht gleich der Arbeit eines Hafis. Unsere Arbeit wird mit der Kraft der Hände verrichtet. Ich kann arbeiten und dennoch mit dir plaudern. Also nimm es mir bitte nicht übel, wenn ich nebenher weiterarbeite."

An den anderen Werkbänken standen zwei, der eine etwa zwanzig, der andere so fünfzehn oder sechzehn Jahre alt, mit hochgekrempelten Ärmeln, und waren in ihre Arbeit vertieft. Weiter im Laden war noch ein etwa zehnjähriger Junge damit beschäftigt, Holzspäne und -stücke auszusortieren und in Säcke zu füllen, es war derselbe, der den Kaffee gebracht hatte.

Ich trank meinen Kaffee und setzte zugleich die Unterhaltung fort. „Hamdūn Aghā, großartig, dies sind also deine Söhne?"

Er antwortete mit strahlendem Gesicht: „Ja, alle drei sind meine Söhne. Der große ist mein erstes Kind, er steht jetzt kurz vor seinem zwanzigsten Lebensjahr und ist einer der besten und geschicktesten Tischlermeister unserer Stadt geworden. Er hat sich sogar selbst das Holzschnitzen mit allen Möglichkeiten beigebracht, etwas, was ich selbst nicht beherrsche. Er bekommt von mir zur Zeit zwanzig *Kurusch*[82] Tageslohn."

Ich: „Von wem erhält er Tageslohn?"

Hamdūn Aghā: „Von wem soll er ihn bekommen? Von mir natürlich ...

Nehmen wir an, ich hätte keinen Sohn, ich müßte also jemanden zur Hilfe beschäftigen, und ein guter Tischler bekommt nun etwa zwanzig Kurusch Tageslohn. Und statt eines Fremden beschäfige ich meinen eigenen Sohn."

Erstaunt sagte ich: „Ist es richtig, daß der Vater seinem Sohn Tageslohn bezahlt?"

„Natürlich. Wenn ein Kind von seinem Vater keinen Lohn bekommt, so lernt es nicht und bringt auch keine Arbeit zustande. So arbeitet er gezwungenermaßen und fühlt sich ausgenutzt. So könnte er auf den Gedanken kommen, daß er von seinem Vater unterhalten wird, nicht weil er sein Vater ist, sondern weil dies der Lohn für seine Arbeit ist, und so könnte er nachlässig in seiner Arbeit werden. Bekommt er aber Geld und lernt richtig damit umzugehen, so bringt dies noch vielerlei andere Vorteile mit sich. Siehst du, aus diesem Grunde erhalten alle meine Söhne ihren Tagelohn. Der mittlere erhält zehn Kurusch. Aber in drei Tagen ist Sonnabend und Wochenbeginn, und da mein zweitältester Sohn schon recht geschickt geworden ist, erhält er ab dann fünfzehn Kurusch. Mein jüngster Sohn erhält zur Zeit noch den Lohn, den ich seinerzeit als ersten Lohn von meinem seligen Meister erhielt, genau zwanzig *Para*[83]. Er ist sehr fleißig und draufgängerisch, und es sieht so aus, als würde er seine Brüder eines Tages übertreffen. Er müßte eigentlich einen Kurusch bekommen, aber aus Eile und Unachtsamkeit hat er sich schon zu oft in die Hand geschnitten. Sollte er sich nicht mehr verletzen, bekommt er auch einen Kurusch. Unachtsamkeit ist etwas, was ich nicht leiden kann."

Ich: „Heißt das, daß ihr euch auch die Ausgaben für den Haushalt teilt?"

„Ach, gibt es denn sowas?" antwortete Hamdūn Aghā, „nehmen wir wiederum an, ich hätte keinen Sohn, würden die Gesellen und Lehrlinge, die ich beschäftigen müßte, meine Haushaltsausgaben mitfinanzieren? Oder nehmen wir an, meine Söhne wären nicht in der Lage, ihr eigenes Geld zu verdienen, wie sollen sie da etwas dazugeben? Meine Söhne sparen ihr Geld. Mein Großer hat schon soviel gespart, und mit dem Handgeld von mir reicht es bald für einen eigenen Laden, oder ich nehme ihn als Teilhaber auf und verheirate ihn, damit meine Enkel das Haus mit fröhlichem und munterem Geschrei beleben. Und nach Murat kommt dann der zweite und der dritte an die Reihe."

Ich: „Soll das heißen, daß du recht vermögend bist?"

„Hebt eure Hände!“, dann zu mir gewandt: „Sieh, Aynali Baba, denkst du, diese acht Hände sind kein kleines Vermögen?“, und wieder zu seinen Kindern: „Ihr könnt weiterarbeiten.“ Dann sagte er wieder zu mir: „Weißt du, ich habe für meinen großen Sohn schon lange das Handgeld zusammengespart, und für den Jüngeren ist es auch bald bereit. Ich habe mit zwanzig Jahren geheiratet, damals betrug mein Tageslohn sieben Kurusch. Nach einem Jahr kam mein Ältester zur Welt, und mein seliger Meister Hadji Murtaza erhöhte meinen Lohn auf fünfzehn Kurusch, er half mir sehr mit Rat und Tat. Von diesem Tag an legte ich für das Handgeld meines Sohnes sechzig Para, drei Kurusch für den Fall, daß ich wegen Krankheit nicht arbeiten kann, zehn Para für die bedürftigen Kinder, um sie an den Festtagen einzukleiden, zehn Para als Gabe für die Bettler und Notleidenden, drei Kurusch zum Sparen und zwei Kurusch für Miete und Bekleidung zurück. Mit fünf Kurusch kamen wir reichlich aus.“

Über diese Einteilung verwundert sagte ich: „Das heißt, dein Meister Hadji Murtaza war ein guter Mensch.“

Tränen stiegen in die Augen des Tischlers: „Gott möge seiner Seele gnädig sein. Alles, was ich besitze, habe ich ihm zu verdanken.“

Ich zum Tischler: „Gott möge dein Glück mehren und deiner Frau und deinen Kindern Gesundheit und ein langes Leben gewähren.“

Dieses Gebet gefiel dem Tischler, und alle, der Jüngste zuerst, küßten meine Hand. Ich war von dem Glück dieser Familie so gerührt, und mir stiegen die Tränen in die Augen, was lange schon nicht mehr geschehen war.

„Nun“, sagte ich zu Hamdūn Aghā, „erzähle mir noch, wie ihr euere Tage verbringt.“

„Wir stehen morgens früh auf und waschen uns, ob Sommer oder Winter, mit kaltem Wasser. Trinken alle zusammen einen Kaffee, groß und klein, unterhalten uns etwas und essen dann unsere Morgensuppe. Dann komme ich mit den Kindern in die Werkstatt. Einer von uns besorgt noch das Notwendige für den Haushalt und bringt es nach Hause. Dann teile ich die Arbeit für den Tag ein, und wir beginnen unser Tagwerk. Gegen Mittag, wenn wir hungrig sind, geht unser Jüngster nach Hause und holt unser Essen. Nach dem Essen bestellen wir noch einen Kaffee beim Nachbarn und lesen beim Kaffeetrinken die Zeitung. Das heißt, mein ältester Sohn liest sie und erzählt mir dann das Wichtigste."

„So, deine Söhne können auch lesen, ja?"

„Lesen und Schreiben."

„Heißt das, daß du sie in die Schule geschickt hast?"

„Nein. In die Schule unseres Stadtteils gehen die Kinder jahrelang, und nicht, daß sie nur nichts lernen, werden sie obendrein auch noch ungezogen. Ich hatte einen armen *Hodja*[84] kennengelernt, der bereit war, meine Kinder zu unterrichten. Jeden Morgen kam er, bevor sein Dienst begann, in den Laden und unterrichtete die Kinder eine halbe Stunde lang. Dafür bekam er seinen Morgenkaffee und zwanzig Para. Nach einem Jahr konnten meine Söhne die Zeitung und den Koran lesen, und so lernten sie auch das Schreiben. Jedes Jahr kaufte ich die Bücher, die der Lehrer empfahl. Darin lasen sie dann in der Mittagspause oder am Abend. Aber ich will erzählen, wie wir unsere Tage verbingen.

Mittags haben wir eine und eine halbe Stunde Pause, es kann jeder machen, was er will, lesen, schlafen oder dergleichen. Am Abend schließen wir den Laden so gegen vier oder halb fünf. Weißt du, Dede, ich bin ein Freund des Kaffees, jeden Tag trinken wir fünf Täßchen Kaffee. Nachdem wir den Laden geschlossen haben, gehen wir noch etwas spazieren und dann nach Hause. Im Winter besuchen uns unsere Freunde mit ihren Familien. Unsere Nachbarinnen lieben meine Frau sehr, weißt du, weil sie nicht klatscht. Jeden Freitag[85] gehe ich mit meiner Familie in unseren Garten. So verbringen wir unsere Tage. Gott sei es gedankt, von Krankheiten wird unser Haus nicht heimgesucht. Ich bin bisher in meinem Leben erst zweimal und meine Frau erst dreimal krank geworden. Denn wir tun alles im rechten Maß und essen auch nicht alles durcheinander. Kurzum, Gott sei es tausendmal gedankt, uns geht es gut, und wir leben in Ruhe und Frieden."

Im Kaffeehaus

Es war im Jahr 1895, als ich mich in einer Stadt in Palästina aufhielt. An einem heißen Sommerabend ging ich noch etwas spazieren und lief unter Olivenbäumen entlang, bis ich an eine Straße gelangte, die wegen ihrer Kaffeehäuser berühmt war. Die Kaffeehäuser waren mit Menschen, die sich gleich mir etwas Erholung und Erfrischung verschaffen wollten, besetzt.

Die ungefährlich Verrückten werden, warum auch immer, von vielen Menschen geliebt und geehrt, und so wurde auch ich im Vorbeigehen von vielen zu einem Kaffee oder einer Wasserpfeife eingeladen. Doch ich beachtete sie nicht weiter und ging meines Weges.

Als ich an einem der größten und schönsten Kaffeehäuser vorbeiging, stürzte plötzlich ein Kellner hinter mir her. Während sich alle Geschäfte in Syrien und Palästina in den Händen von Einheimischen befanden, waren die Kaffeehäuser, Kasinos und Weinschenken in den Händen der Griechen, und der Kellner, der mir nachlief, war auch ein Angehöriger dieses Volkes. Dies hörte man aus dem eigentümlichen Akzent, in dem er zu mir in einem sonderbaren Gemisch aus Arabisch und Türkisch sprach: „Aynali Baba! Einige Herren möchten dich sprechen!"

„Welche Herren?"

„Woher, um Gottes willen, soll ich wissen, wer sie sind? Es sind die Herren, die dort unter dem Baum sitzen", antwortete er.

Nun, ich war durch das Spazierengehen auch schon etwas ermüdet, und um die Herren etwas zu unterhalten, oder richtiger gesagt, um mich ein wenig auszuruhen und mein Herz zu erheitern, nahm ich die Einladung an.

Durch meine sonderbare Kleidung und mein merkwürdiges Auftreten war ich in der Stadt bekannt und kannte so die ganzen Honoratioren und leitenden Beamten der Stadt persönlich. Die Herren, die in der Ecke unter dem Baum saßen, waren: der Direktor der Kanzlei der Stadtverwaltung, der Hafenkommissar, der Direktor des Gymnasiums mit dreien seiner Lehrer und der Landwirtschaftsoberingenieur.

Als sie mich sahen, erhoben sie sich spöttisch und riefen durcheinander: „O unser Freund Aynali Sultān!" „Oh, Aynali Baba! O Hadji Aynali! Treten Sie näher, gesellen Sie sich zu uns."

Ich gab meiner Rolle entsprechend Antwort und ließ mich auf dem Kanapee nieder. Der Kellner kam, und der Kanzleidirektor fragte mich: „Ehrenwerter Aynali, was trinkst du?"

Ich verlangte nach einer Wasserpfeife. Der Kellner brachte sie und fragte mich, was ich noch trinken möchte.

„Das gleiche wie die werten Herren", antwortete ich.

„Aber", rief der Kellner, die Herren trinken Wermut! Wollen Sie etwa auch ..."

„Ja", sagte ich, „gleich elf Gläser."

Die Herren und die anderen Gäste an den Nachbartischen, die Türkisch verstanden, begannen lauthals zu lachen. Die kein Türkisch verstanden, fragten nach dem Grund des Gelächters, und als der ihnen gesagt wurde, fielen auch sie in das Gelächter ein. Die mich kannten, erzählten denen, die mich nicht kannten, wer ich war. Was sie sagten, ist in kurzen Worten wiedergegeben: – ein ungefährlicher sonderbarer Narr.

Alle betrachteten mich neugierig, und neben meiner spiegelbestückten Kleidung fiel ihnen mein mit Hahnenbonbons, die ich zuvor für zehn Para zufällig gekauft hatte, geschmückter Turban auf.

Ich trank den Wermut. Eine nette junge Frau, die ich aufgrund ihrer Kleidung und ihres Auftretens für eine Engländerin oder Amerikanerin hielt, bestellte für mich ein Eis. Sofort holte ich einen Bonbon von meinem Turban und schickte ihn ihr durch den Kellner. Offensichtlich gefiel es den anderen, sie lachten, und Fröhlichkeit verbreitete sich in der ganzen Runde. Die etwa hundert Besucher des Cafes spendeten mir Beifall, und die anwesenden Frauen wetteiferten miteinander, mir Kuchen, Gebäck und andere Süßigkeiten zu bestellen. Ich übergab ihnen als Gegengabe Bonbons von meinem Turban. Doch als diese alle waren, erhob ich mich, krähte laut und lange wie ein Hahn und rief:

„Meine Damen und Herren! Wenn ich vorher gewußte hätte, wie spendabel Sie sind, so wäre ich mit einer Kiepe Hahnenbonbons gekommen. Und nun sind meine Hähne leider alle. Da ich mich aber durch eine Gegengabe erkenntlich zeigen will, habe ich um dieser Absicht willen laut und vernehmlich wie ein Hahn gekräht. So, nun werde ich noch einmal krähen, mehr können Sie von mir nun nicht mehr bekommen."

Meine Worte wurden den anderen gleich übersetzt, und wieder brachen sie in schallendes Gelächter aus, welches sich in den Wolken verlor. Alles erheiterte und belustigte sich an der heutigen Narretei des Aynali. Was mich betraf, so lachte ich mich halbtot über die Dummheit, Unachtsamkeit, Gleichgültigkeit und Engstirnigkeit der Leute.

Da betrat eine blinde Frau das Kaffeehaus, sie wurde von einem kleinen Mädchen geführt. Daß sie nicht gewohnt war zu betteln und offensichtlich erst vor kurzem in diese Notlage geraten war, war an ihrer Haltung und ihrer alten, aber aus wertvollen Stoffen genähten Bekleidung zu erkennen. Vielleicht war sie früher hierher schön fröhlich zum Eisessen gekommen und mußte nun hier betteln. Sie war sehr geschwächt und konnte sich kaum auf den Beinen halten. Der Anblick dieser bedauerswerten Frau, die sich offensichtlich nicht traute, näher zu treten, löste in mir ein eigenartiges Gefühl aus. Ich vergaß meine Narrenrolle, richtiger gesagt, ich nahm eine andere Rolle an, nahm meine Kappe vom Kopf, erhob mich und sprach zu den Anwesenden in Türkisch, Arabisch, Englisch und Deutsch:

„Meine Damen und Herren, gebt dieser armen Frau eine kleine Spende." Die Leute waren über meine plötzliche Wandelung verwundert. Ich ging von Tisch zu Tisch, und jeder warf einige Münzen in die Kappe. Innerhalb kürzester Zeit sammelte ich ein recht ansehnliches Sümmchen und gab es der Blinden.

Nun ließen die Herren von ihrer Spöttelei ab und betrachteten mich mit einer Mischung aus Achtung und Verwunderung, aber das war es eigentlich nicht, was ich wollte. Sie baten mich zu bleiben, mir war aber nicht danach, und so beschloß ich zu gehen. Dann konnte ich aber ihren Bitten nicht widerstehen, gab nach und nahm die Einladung zum Essen an. Während des Essens flüsterte mir der Schuldirektor, der zufällig neben mir saß, zu: „Mein Freund, um nicht zu sehen, daß sich unter dieser Maskerade ein gebildeter, reifer und großmütiger Mensch verbirgt, muß man wirklich blind sein. Als Sie aufstanden, um für die bedauernswerte Frau Geld zu sammeln, war trotz Ihrer Verkleidung Ihr wahres Wesen in Ihrem strahlenden und gütigen Gesicht zu erkennen, und keiner von uns war nicht irgendwie gerührt. Um von diesen Menschen in so kurzer Zeit soviel Geld zu sammeln, muß man ihre Herzen verzaubern können. Mein Freund, warum entschieden Sie sich für dieses Leben und diese Aufmachung, statt den Menschen mit Ihrem Wissen zu dienen?"

In der Art, wie der junge Mann mit mir sprach, lag viel Achtung und Aufrichtigkeit.

Ich antwortete: „Wissen Sie, verehrter Freund, wenn mir ein anderer diese Frage gestellt hätte, so wäre die Antwort die eines Narren gewesen. Doch da ich in Ihren Worten Aufrichtigkeit und Achtung erkenne, will ich es

Ihnen kurz erzählen. Ich habe von den Menschen soviel Verachtung und Niedertracht erlitten, daß es mir vernünftiger erschien, dieses Leben als Narr mit der entsprechenden Kleidung zu wählen. Ich werde in Ruhe gelassen, bin zufrieden und tue niemandem etwas zuleide. Überlegen Sie sich meine Worte, vielleicht ist für Sie etwas Nützliches dabei."

Ich erhob mich, verabschiedete mich von allen und kehrte in meine Wohnung, in der Nähe des Stadttores, zurück, wo ich für mich alleine lebte.

Der Jungbrunnen

Es war, als ich in der syrischen Stadt Aleppo in der Nähe des *Bāb al-Hadīd* an der alten Stadtmauer wohnte. Einer meiner Nachbarn war ein begüterter Mann aus einer alten alteingesessenen Familie. Fadl Bey, so war sein Name, war ein herzensguter Mensch, der leider nicht mit Geld umgehen konnte, zur Verschwendung neigte und so schon einen beachtlichen Teil dessen, was seine Vorfahren in tausend Jahren angehäuft hatten, unter die Leute gebracht hatte. Doch er verfügte immer noch über soviel Besitz, daß man ihn als vermögend bezeichnen konnte. Er war etwa 65 Jahre alt, und sein Leib wies, obwohl er gut gebaut und von kräftiger Statur war, die Spuren seines üppigen Lebens auf, das er bisher als Lediger verbracht hatte. Doch nun in diesem Alter wollte er auf einmal heiraten. Aber warum? Hatte ihn plötzlich die Sehnsucht nach einer Familie mit Frau und Kindern, die sein Andenken bewahren sollten, übermannt? Das war nicht anzunehmen ... Denn, beides ist in diesem Alter recht unwahrscheinlich.

Vor einigen Monaten wurde in unserem Viertel ein Familiendrama offenbar. Hamid Aghā, einer der reichsten Männer der Stadt, aber ansonsten ein ungebildeter und roher Mensch, hatte unter anderen eine Tochter, Jasmīn.

Sie war gerade vierzehn Jahre alt und als leichtsinnig und kokett bekannt, so manches Mal war sie schon ins Gerede gekommen. Nun, sie hatte sich mit dem Sohn des armen Schusters Selīm Bey, Yakub Efendi, eingelassen. Dies wurde irgendwie bekannt und kam so auch Hamid Aghā zu Ohren. Er aber war zu sehr auf Rang und Namen bedacht, als daß er einer Heirat der beiden zugestimmt hätte. Die ganze Affäre war bald in aller Munde und wurde immer weiter aufgebauscht. Eines Tages nun verschwand der arme Schustersohn und wurde erst eine Woche später weit außerhalb der Stadt in einem Brunnen tot aufgefunden. Vermutungen wurden laut, und die Meinungen über den Tod des jungen Mannes gingen auseinander. Während ein Teil behauptete, er wäre ermordet worden, wollte ein anderer wissen, daß er sich aus Liebeskummer in den Brunnenschacht gestürzt hätte und so zu Tode gekommen war. Wie es in solchen Fällen üblich war, nahm auch die Polizei ihre Ermittlungen auf. Doch bald darauf wurden die Ermittlungen, wohl weil eine vermögende Familie mitbetroffen war, ergebnislos eingestellt.

Darüber vergingen wieder einige Monate, und es wurde zwischen Fadl Bey und Hamid Bey beschlossen, daß Fadl Bey dessen Tochter Jasmīn heiraten solle. Beide Seiten, so hieß es, hätten ihren Nutzen davon. Wie gesagt war der Vater des Mädchens ein Sproß einer angesehenen alten Familie, daher versuchte er alles, um das Gerede der Leute, das um seine Tochter entstanden war, zum Schweigen zu bringen.

Durch diese Heirat würde also das Gerede verstummen und über kurz oder lang das ja immerhin noch beachtliche Vermögen von Fadl Bey seiner Familie zufallen. Rechnete der Vater doch mit dem baldigen Ableben seines Schwiegersohnes nach der Eheschließung. Fadl Bey nun hoffte, durch die Heirat Anteil an dem von außen nicht zu überblickenden Vermögen seines Schwiegervaters zu haben und so wieder seinen alten Rang in der Gesellschaft zu erlangen. Aber, es war schwerlich zu übersehen, daß die großen Vorteile auf der Seite des Schwiegervaters waren. Den Schaden würde schließlich Fadl Bey haben, denn, und daran bestand kein Zweifel, das junge Mädchen würde, erst einmal verheiratet, ihrem alten Ehemann nicht nur ein Horn, sondern viele Hörner aufsetzen und ihn so zum Gespött der Leute machen.

In diesen Tagen, da die Heirat nun anstand, ging ich zum Barbier Faruk, um mir die Haare und den Bart scheren zu lassen. Als ich dessen Geschäft betrat, erblickte er mich, stürzte auf mich zu und begrüßte mich überschwenglich. Er war mir gegenüber immer freundlich und bot mir auch sogleich einen Platz an. Ich ließ mich auf dem Stuhl nieder, er fing mit seiner Arbeit an und begann sofort zu erzählen. Wie ich schon bemerkte, war Faruk Bey ein sehr lieber und zuvorkommender Mann, hatte aber den Fehler wie viele seiner Berufsgenossen, er war äußerst geschwätzig und, da ihm vieles zugetragen wurde über die Vorgänge und Ereignisse in der Nachbarschaft, bestens informiert.

„Weißt du schon, Aynali Baba", sagte er, „daß die junge Verlobte von Fadl Bey, Jasmīn, ihn nun endlich sehen möchte? Er wird heute nachmittag hierherkommen. Warum er herkommt? Was geht das mich an, wirst du denken, nicht wahr? Heute habe ich viel zu tun, ich werde die Haare und den Bart von Fadl Bey färben, dann sein Gesicht und seine Ohren mit dem Seidenfaden bearbeiten[86], und zum Schluß wird sein Gesicht, damit die Falten sich glätten, mit Soda- und Alaunwasser gewaschen. Aynali Baba, weißt du, diese Methode von mir mit dem Soda- und Alaunwasser ist eine ganz sichere Sache. Soll ich dein Gesicht auch etwas reparieren, damit die Falten verschwinden? Bei Gott, dein Gesicht wird wie eine Soldatentrompete glänzen. Die Haut spannt sich so sehr, daß keine Falten und Unebenheiten bleiben. Besonders das Soda verleiht der Haut einen Glanz wie ein Engelsgesicht. So, du willst nicht? Halte deinen Kopf stille, sonst schneide ich dich womöglich noch. Und, wenn ich Fadl Bey aufpoliert habe, dann wird er seinen Stock nehmen und leise unter dem Fenster des Mädchens vorbeischleichen. Ha, schau, bei dir ist das Geheimnis gut aufgehoben, der Drogist von nebenan, Nasīb Bey, macht für ihn Stärkungspillen aus Teufelsdreck. Du verstehst? Oder? Der Kerl hat kein Pulver mehr, und Teufelsdreck soll in diesem Falle sehr gut sein und Wunder wirken. Wenn es notwenig sein sollte, werde ich es im Alter auch versuchen, das Rezept habe ich mir schon besorgt. Ja, Aynali Baba, hast du in deinem Leben je Pillen aus Teufelsdreck geschluckt? Es soll etwas unangenehm streng riechen. Was soll's ... Was hältst du von der ganzen Sache? Unser Fadl Bey ist bald siebzig Jahre alt, was soll das, in diesem Alter noch solch eine fünzehnjährige Landplage zu heiraten. Ich meine, in so einem Alter hilft es nichts, wenn man Teufelsdreck schluckt, würde er Gänsedreck schlucken, wäre es dasselbe. Nichts würde sich ändern.

Zwiefellos wird Fadl Bey nach seiner Heirat sehr bald den letzten Furz fahren lassen. Der Friedhofsdiener Hilmi Aghā das Grab wohl zwei bis drei Meter tief ausheben müssen. Und, wenn er nicht, wie angenommen, in wenigen Wochen stirbt, sondern zehn Monate oder noch mehr überlebt, dann muß das Grab zwanzig Meter tief sein.

„Aghā", sagte ich, „schön und gut, aber warum muß das Grab zwanzig Meter tief sein?"

„Aha, du meinst also, das sei nicht nötig? Soll ein Teil des Leichnams außerhalb des Grabes bleiben? Sollen seine Hörner nicht beerdigt werden? Ha, ha, ha! Wenn er noch ein Jahr überlebt, dann werden seine Hörner so lang gewachsen sein wie das Minarett der großen Moschee, darauf kannst du Gift nehmen. Du kennst das Mädchen, es ist arg und wird ihm schon Hörner aufsetzen."

Der Barbier war unterdessen mit seiner Arbeit fertig geworden, hatte mir Haare und Bart geschoren, ich verabschiedete mich von dem geschwätzigen Menschen und ging nach Hause. Fadl Bey, um den sich das Gespräch gedreht hatte, war, wie eingangs schon erwähnt, ein guter Mensch, einen großen Teil seines Vermögens, dessen er verlustig gegangen war, hatte er an Arme und Bedürftige zur Linderung ihrer Not verteilt. Mir gegenüber hatte er sich auch immer sehr zuvorkommend gezeigt, und so hatte ich ihn irgendwie ins Herz geschlossen. Es war mir daher auch nicht einerlei, was mit ihm geschehen würde, zumal der Ausgang dieser Heiratsgeschichte ziemlich klar war. Nicht, daß er sich nur blamieren würde, er wäre ein gebrochener und unglücklicher alter Mann, und so von dieser Welt zu scheiden, hatte er weiß Gott nicht verdient. Aus diesem Grund wollte ich ihm einen Dienst erweisen und diese Absicht auch sofort in die Tat umsetzen. Ich überlegte hin und her, bis ich eine brauchbare Idee hatte, machte mich dann sofort auf zum Basar, um die notwendigen Dinge zu besorgen.

Ich liebte es, in den Gärten der Umgebung der Stadt spazieren zu gehen, und hatte letztlich auf meinen Spaziergängen dort öfters einen uralten herrenlosen und vom Alter aufs heftigste gezeichneten Esel getroffen. Den ging ich suchen. Nach vielen Mühen fand ich ihn am Rande eines kleinen Wassergrabens. Sogleich warf ich ihm die vorbereitete Schlinge um den Hals und wollte ihn wegführen.

Als der Esel jedoch die Schlinge um seinen Hals spürte, schien er plötzlich alle Kräfte zu sammeln und stemmte seine Vorderhufe in den Boden und stand bockbeinig, wild schreiend da, als wolle er mit aller Macht seine bisherige Freiheit verteidigen. Doch dieser Widerstand dauerte nicht lange, denn schnell erlahmten seine Kräfte. Schließlich ließ er sich willig mitführen und ergab sich still in sein Schicksal.

Als die Kinder meiner Umgebung sahen, daß ich mit einem Esel zurückkehrte, liefen sie hinter mir her. Bald hatte ich eine laut schreiende und lärmende Kinderschar in meinem Gefolge.

„Aynali Baba will Holz verkaufen!“, und noch andere Bemerkungen schrieen sie hinter mir her. Als ich auf dem

Platz vor meinem Haus ankam, war die Zahl der Kinder auf fünfzig angewachsen, und als wenn es eine nie gesehene Vorstellung in der Oper oder im Theater zu sehen gäbe, hatten sich dieser Kinderschar einige Erwachsene angeschlossen, so daß ich ein ziemlich großes Gefolge hatte.

Als ich am Haus von Fadl Bey vorbeikam, stand dieser schon, durch den Lärm und das Schreien der Kinder aufmerksam geworden, am Fenster und beobachtete die Szene mit Erstaunen. Auf dem Platz unweit des Fensters von Fadl Bey band ich den Esel an einen kleinen Stein, lief in meine Wohnung, holte Wasser und Seife und begann, den Esel gründlich zu waschen. Fadl Bey schaute aus seinem Fenster neugierig und etwas ratlos zu, was das wohl alles bedeuten solle.

Nachdem der Esel gewaschen war, trocknete ich ihn gründlich ab und begann, sein Fell mit Alaun zu bearbeiten. Dann schnitt ich die unordentlich lang gewachsenen Haare an den Ohrspitzen und über den Hufen.

Im Verlaufe meiner Beschäftigung mit dem Tier war die Menge der Zuschauer beachtlich geworden, und vor den verwunderten Blicken der Umstehenden begann ich dem Esel das Fell schön tiefgrau einzufärben. Nach einer halben Stunde, die Farbe war nun trocken, begann der Esel, wie ein venezianischer Spiegel zu glänzen.

Dann kam der Diener des Fadl Bey und lud mich in das Haus ein, und da ich darauf eh nur gewartet hatte, nahm ich die Einladung gleich an und folgte dem Bediensteten ins Haus.

Fadl Bey war sehr gut gelaunt, und fröhlich sagte er, als er mich sah: „Aynali Baba, was machst du? Dein Tun ist zwar nicht mit normalen Maßstäben zu messen, aber was soll dies jetzt? Wem gehört der Esel, und warum hast du ihm das Fell gefärbt?"

„Fadl Bey", sagte ich, „dieses bedauernwerte Tier ist ungefähr vierundzwanzig Jahre alt, an Menschenjahren sind das etwa fünfundsechzig bis siebzig Jahre. Wie auch immer, er ist in meinen Besitz übergegangen. Ich habe eine etwa fünf Jahre alte Eselin und wollte nun Esel züchten. Aber wie du weißt, haben sich die Zeiten geändert, wie sich alles verändert hat, sind die Eselinnen auch kokett geworden. Dem alten Esel ist das Fell schon weiß und licht geworden, die Knochen zeichnen sich unter der Haut ab, und das verbliebene Fell ist stumpf und unansehnlich. Aus Erfahrung weiß ich, daß keine junge Eselin ihn auch nur eines Blickes würdigen wird. Heute habe ich ihm das Fell gefärbt und aufgetrimmt, und so glänzt er wieder wie ein eineinhalbjähriges Fohlen. Morgen werde ich beim Drogisten Nasīb Bey etwas Paste aus Teufelsdreck kaufen und ihm unter das Futter mischen. Du wirst sehen, er wird wieder wie ein junger Hengst zu Kräften kommen. Bevor ich ihn gefärbt habe, habe ich ihn mit Alaun und Sodawasser gewaschen, wenn ich ihm davon zu saufen gebe, wird seine Haut sich wie ein Trommelfell spannen und die begehrenden Blicke der jungen Eselin auf sich ziehen."

Fadl Bey blickte mich verwundert an: „Aynali Sultān, wie du auch immer darüber denkst, ich kann daran nichts Vernünftiges finden, es ist widersinnig", sagte er.

„Aber Fadl Bey", antwortete ich ihm, „warum denn? Viele alte Leute machen das, was ich mit dem Esel machte, mit sich selbst. Da der Esel kein besonders vernunftbegabtes Wesen ist, wird die Eselin sich auf den ersten Blick von dem Äußeren des Esels täuschen lassen und sich ihm ohne zu überlegen hingeben. Doch wenn der Mensch als vernunft- und verstandbegabtes Wesen meint, mit solchen Augenwischereien den anderen hinters Licht führen zu können, so betrügt er nicht den Mann oder die Frau, sondern nur sich selbst und weiter nichts. Aus diesem Grunde haben die Menschen, die sich die Spuren ihres Alters mit vielerlei Mitteln übertünchen lassen, keinen Deut schlauer gehandelt als ich. Was die Verjüngungskur betrifft, so ist das Leben in viele Abschnitte unterteilt, und in der Jugend mag es noch etwas nützen. Aber wenn man einem älteren Mann mit fünfzig bis sechzig Jahren so eine Jugendspritze verabreicht, so kann das den Rest seines Lebens bis zur Unerträglichkeit vergiften. Und obwohl dies ein offenes Geheimnis ist, lassen sich viele alte Männer und auch Frauen so eine Jugendspritze verpassen.

Aus diesem Grunde ist es doch mehr als verständlich, daß dieser alte Esel sich eine Jugendspritze verabreichen ließ. Außerdem habe ich ihm diese Verjüngungskur verpaßt. Es mag sein, daß die junge Eselin sich täuschen läßt, wenn sie den alten Esel von weitem sieht. Doch aus der Nähe betrachtet wird die ganze Fassade bröckeln und die Wahrheit offenkundig werden. Und was wird dann? Die Eselin wird den bedauernswerten Narren sitzenlassen und sich einen jungen, ihrem Alter entsprechenden Esel suchen. Und der alte Esel wird, obwohl er ein Esel ist, seine Tage in Eifersucht und Unfrieden verbringend so ein schlimmes Ende nehmen."

Während ich erzählte, wurde das Gesicht von Fadl Bey aschfahl, und er wurde sehr still und nachdenklich. Dann läutete er seinem Diener und sagte, als dieser kam: „Bereite uns bitte schnell zwei Kaffee zu, wir wollen zusammen Kaffee trinken."

Das Getränk wurde gebracht. Während wir tranken, schrieb Fadl Bey, nachdem er sein Schreibzeug geholt hatte, etwas auf einen Zettel. Als er das Geschriebene beendet hatte, ergriff er meine Hand und sagte: Aynali Baba! Deine Medizin ist wirklich sehr bitter gewesen, aber sie hat ihre Wirkung nicht verfehlt. Du hast mich vor einer großen Dummheit bewahrt, bei der ich mich bis auf die Knochen blamiert und unmöglich gemacht hätte. Laß mich deine Hand küssen, wenn ich auch vom Alter her dein Vater sein könnte, macht es mir nichts aus. Selbst wenn dich alle Welt für einen Narren hält, so bist du für mich ein Weiser, einer der Gottesnahen. Hier, nimm diesen Zettel und lies."

Ich nahm bekümmert das Blatt Papier und las, daß Fadl Bey aus gesundheitlichen Gründen von der Heirat Abstand nahm und dem Vater des Mädchens darüber sein Bedauern ausdrückte.

Ich stand auf, und bevor ich ging, nahm er mir das Versprechen ab, ihn immer, wenn ich Zeit hätte, möglichst täglich, zu besuchen.

Ich besuchte Fadl Bey in der darauffolgenden Zeit bald jeden Tag, sechs Monate lang, und wir hatten sehr interessante Gespräche miteinander. Im Verlaufe dieser Gespräche lernte ich ihn auch näher kennen und stellte fest, daß er im Grunde ein reifer und gebildeter Mensch war. Bald darauf erkrankte er und starb kurz danach. An seinem letzten Tag auf dieser Erde, wenn ich mich recht erinnere, sagte er mir noch diese letzten Worte:

„Mein Freund Aynali! Du hast mich vor großer Schande bewahrt, deswegen stehe ich im Diesseits sowie im Jenseits in deiner Schuld. Wenn du nicht gewesen wärst, dann würde mein Vermögen in die Hände dieses Mädchens geraten sein und ich im Grabe keine Ruhe finden. Ich bin glücklich, dich kennengelernt zu haben, aus unseren Gesprächen habe ich erkannt, daß der Mensch neben einer privaten Familie noch eine andere, große hat. Weil ich keine Nachkommen habe und somit keine Erben, habe ich verfügt, daß mein Vermögen für die Errichtung eines Waisenhauses verwendet werden soll und der Rest Geldes in eine Stiftung eingebracht wird, die den Unterhalt des Waisenhauses bestreitet. Jetzt kann ich in Frieden sterben."

Und so war es dann auch, bald nach seinem Ableben wurde das Waisenhaus errichtet und die dazugehörige Stiftung ins Leben gerufen. An jedem Freitag abend[87] gingen die Kinder an das Grab ihres Gönners und lasen für seine Seele eine *Fatiha*[88]. Gott sei seiner Seele gnädig ...

*

* *

NACHDENKLICH LEGTE ich die Aufzeichnungen Aynali Babas zur Seite, zugleich drohte mich der Schmerz über den scheinbaren Verlust dieses geliebten Menschen zu überwältigen. Tränen stiegen mir in die Augen und legten sich wie ein Schleier über meinen Blick. Wieder vernahm ich die milde, liebevolle Stimme des Babas: „Bewahre mich in deinem Herzen, ich bin immer bei dir."

Plötzlich, ich glaubte zu träumen, sah ich ihn vor mir stehen. Aynali Baba, mein Freund und Lehrer, so wie ich ihn kannte. Gütig lächelte er mich an und sagte:

„Radji, mein Sohn, vergiß nie, du bist ich, und ich bin du. Wir sind alle eins. Das ganze Universum lebt in jedem Augenblick in und mit dir. Der Schlag deines Herzens ist der Pulsschlag der Ewigkeit. Du hast dein Buch gelesen, die Wahrheit hinter der Wahrheit geschaut. Jeder, der mich sucht, sucht sich selbst; jeder, der mich sieht, sieht sich selbst. Jeder Mensch, der sich auf den Weg macht, das Buch seines Lebens zu suchen, wird es, so er aufrichtig und mit liebeerfülltem Herzen danach strebt, gewißlich finden. Er wird mir begegnen, und ich werde ihn lehren, die Inhalte seines Buches zu erkennen und zu verstehen. Geschichten über Geschichten, Leben über Leben. Jedes Buch der Menschen ist voller Freude und Schmerz, Erfolge und Niederlagen, Träume und Illusionen, Liebe und Haß; jedes Buch ist anders geschrieben. Oftmals begegnen sich die gleichen Helden und wiederholen sich ähnliche Geschichten. Und, mein Sohn, alle diese unzähligen Bücher sind Kapitel des großen Buches, das die Geschichte des Universums enthält, es ist dies: *Das ewige Rätsel.*

Anmerkungen

1. Besonderes Gebet im Fastenmonat *Ramadan.*
2. Gottestrunkener Narr.
3. Gebetskappe.
4. Stielkanne zur Zubereitung des türkischen Kaffees.
5. „Gelobt sei Gott!"
6. *Dede* oder *Baba*: Rangbezeichnung in der Hierarchie der Sufis; türk. *ayna* heißt „Spiegel".
7. Türkische Währungseinheit.
8. Im Orient ist es Sitte, daß der Jüngere dem Älteren – ein Ausdruck des Respektes – die Hand küßt.
9. Improvisierte Melodie.
10. Gedichtform.
11. Platz, bei den Sufis der Raum, wo der *Dhikr* (Gottesgedenken) abgehalten wird.
12. Fee.
13. Türkisches Dampfbad.
14. Paradiesjungfrauen.
15. Stadt in Afghanistan.
16. Freundschaft.
17. Friede.
18. Der Ruf *Allāhu akbar*, d. h. Allah ist überaus groß.
19. Zorn.
20. Weisheit.
21. Erste Stufe (des Bewußtseins), das animalische Selbst.
22. Gottesliebe.
23. Haltung wechselseitiger Achtung.
24. Bekannter *Sufi*-Meister des 12. Jh.
25. Gebetsrufer.
26. Gebetsruf.
27. Vgl. Anm. 18.
28. Vgl. Anm. 5.
29. Verfasser dieses Gedichts.
30. *Qibla*, Gebetsrichtung nach Mekka.
31. Hazrat 'Alī, der vierte Kalif und Schwiegersohn des Propheten Muhammad, der Friede sei auf ihm.
32. Böser Dämon.
33. Königreich, Sultansherrschaft.
34. Orientalische Süßspeise.
35. Mythischer Vogel Roch (*Phönix*).
36. Bedürftiger, bei den Sufis auch anstelle von „ich" gebraucht.
37. Der Prophet Muhammad s. a. s.
38. „Armut ist ruhmvoll." (Hadith)
39. Kleine Insel südlich von Sri Lanka.
40. Schüler auf dem Sufipfad.
41. Sufimeister.
42. „Was Gott will!"
43. *Tedjelliyat*, die Manifestation des Göttlichen.
44. Siehe Anm. 42.
45. *'Alemi* - „wer mich lehrt"; Ausspruch von Sayyidinā 'Alī: „Wer mich einen Buchstaben lehrt, der macht mich zu seinem Diener."
46. Erkenntnis.
47. Niyazī-i-Misrī, türkischer Mystiker.
48. Langhalslaute.
49. Am Äußeren haftender Mensch.
50. Der Dichter dieser Verse.
51. Der arabische Buchstabe *dal* hat den Zahlenwert 4 und symbolisiert die vier Grundlagen des sufischen Weges.
52. Menschheit.
53. Türkisches Reisgericht.

54. Prophet im Qur'an, Sure 31.
55. *Melāmī*- oder Wanderderwische, deren Kennzeichen ein ungepflegtes Äußeres und provozierendes Verhalten gegenüber der Gesellschaft war.
56. *Medjzūb* vgl. Anm. 2; *Efendi* heißt „Herr", beides zusammen war eine übliche Anredeform für Derwische.
57. *Evliya*, *Awliyā'*, eigentlich Plural des arab. Wortes *Wali*, wird im Türkischen als Singular gebraucht und bedeutet Gottesnaher, Heiliger; *Bey* heißt „Herr".
58. In den islamischen Ländern hat sich innerhalb der Heiligenverehrung (Volksfrömmigkeit) die Sitte eingebürgert, an den Gräbern von Heiligen und Propheten für die Erfüllung eines Wunsches ein Gelübte (*Adak*) abzulegen.
59. Glücksamulett.
60. Bewahrer, jemand der den ganzen Qur'an auswendig beherrscht und vortragen kann.
61. Eine besondere Art der Qur'an-Rezitation.
62. Türkischer Reichsbaumeister im 16. Jh.; unter drei Sultanen leitete er die Errichtung von mehr als 300 Bauten. Die bekanntesten sind die *Schehzade* und Süleymaniyye-Moschee in Istanbul und die *Selimiyye*-Moschee in Edirne (Adrianopel).
63. Wunsch, Hoffnung.
64. Vgl. Qur'an Sure *Al-Mu'minūn*, Vers 15.
65. Wundertaten.
66. Ziel.
67. Spiegel der Liebe.
68. Frau des Propheten Josef a. s.
69. Der erste Buchstabe im arabischen Alphabet.
70. Vokalzeichen.
71. 109. Sure des Qur'an.
72. Sure 23, Vers 54.
73. Der schwarze Stein aus der Ka'aba.
74. Erstaunen.
75. Narr.
76. Die göttliche Einheit – „Kein Gott außer Gott."
77. Philosophenschule im 6. und 5. Jh. v. Chr. in Griechenland. Ihre bekanntesten Vertreter waren: Protagoras aus Abdera (etwa 480-410 v. Chr.) und Gorgias von Leontimoi, ein Zeitgenosse des Vorgenannten.
78. Sure 55, Vers 27.
79. Derwischkonvent.
80. Älteste islamische Universität.
81. Besonderes Dhikr-Ritual der Mevlevi-Derwische, meditatives Drehen um die eigene Achse.
82. Türkische Währungseinheit.
83. Scheidemünze, 40. Teil eines Kurusch.
84. Früher weltlicher sowie religiöser Lehrer.
85. In der islamischen Welt – früher auch in der Türkei – ist der Freitag der offizielle Wochenfeiertag.
86. Methode zum Haareentfernen.
87. Nach europäischer Zeiteinteilung Donnerstagabend.
88. Bei den Muslimen ist es üblich, die *Fatiha*, die 1. Sure des Qur'ans, für das Seelenheil der Verstorbenen am Grabe zu rezitieren.